笑林广记

[清] 游戏主人 编
张小燕 校点

中华国学经典精粹

北京联合出版公司
Beijing United Publishing Co.,Ltd.

图书在版编目（CIP）数据

笑林广记 /（清）游戏主人编；张小燕校点 . -- 北京：北京联合出版公司，2016.9（2022.8 重印）

（中华国学经典精粹）

ISBN 978-7-5502-8786-0

Ⅰ . ①笑… Ⅱ . ①游… ②张… Ⅲ . ①笑话－作品集－中国－古代 Ⅳ . ① I276.8

中国版本图书馆 CIP 数据核字（2016）第 238757 号

笑林广记

作　　者：游戏主人

责任编辑：牛炜征

封面设计：颜　森

北京联合出版公司出版

（北京市西城区德外大街 83 号楼 9 层　100088）

北京华夏墨香文化传媒有限公司发行

三河市东兴印刷有限公司印刷　新华书店经销

字数 130 千字　880 毫米 ×1230 毫米　1/32　5 印张

2019 年 5 月第 2 版　2022 年 8 月第 9 次印刷

ISBN 978-7-5502-8786-0

定价：36.00 元

前言

笑话，在古代亦称为“笑言”。它在社会上流行甚广，出现的场合也甚多。例如，在文人的酒席上，它是侑酒的好谈资；在匠人的休息处，它是缓解疲劳的好段子；在百姓的日常交往中，它是调剂氛围的好手段。其高尚处，可引经据典，唯有具备一定文化基础的人能读懂；其通俗处，在里巷中的底层民众间口耳相传。

中国人历来喜欢用这种幽默的方式来调剂生活。因此，自古以来，有非常多的笑话类书籍，在王利器先生主编的《历代笑话集》里，他就选择了从三国一直到清末的七十多种图书，包括《笑林》《启颜录》《笑言》《艾子杂说》《拊掌录》《谑浪》《笑倒》《笑得好》，等等。其中元明以后的笑话集有很多重复的内容。

《笑林广记》是由清代的游戏主人编撰的一本笑话集，很多人认为它是由当时一群文人集体编撰而成，最终署名游戏主人。也有人认为，它是由明代文学家冯梦龙的《笑府》改编而来。周作人在《苦茶庵笑话选序》中曾说：“《笑府》，原本十三卷……后改编为《笑林广记》，原本遂不传。”自古图书都有这样一个规律，同类书如果有更好的版本，旧版本就会湮没在历史的长河中。由此亦可见《笑林广记》本身的艺术魅力。

《笑林广记》一书分为十二卷，内容包括古艳、腐流、术业、形体、殊禀、闺风、世讳、僧道、贪吝、贫窭、讥刺、谬误。它不仅反映了当时的习惯用语、口语、俚语等，而且很多内容具有讽喻的价值，如：

有以岳丈之力得中魁选者，或为语嘲之曰：“孔门弟子入试，临揭晓，闻报子张第九。众曰：‘他一貌堂堂，果有好处。’又报子路第十三，众曰：‘这粗人到也中得高，还亏他这阵气魄好。’又报颜渊第十二，众曰：‘他学问最好，屈了他些。’又报公冶长第五，大家骇曰：‘那人平时不见怎的，为何倒中在前？’一人曰：‘他全亏有人扶持，所以高掇。’问：‘谁扶持他？’曰：‘丈人。’”

这则题为《丈人》的笑话就讽刺了当时科举考试中的腐败现象，且用语生动，很具有感染力。书中的部分内容彰显真善美、鞭挞假恶丑，当然也有一些宣传了色情暴力、消极无聊的内容，为了适应当前的文化生态，我们对其进行了剔除。囿于编者的水平，书中难免有讹误之处，请读者谅之。

原序

大块茫茫，流光瞬息，而其间覆雨翻云，错互变灭，几令天地为之戚容，河山为之黯色。抱此六尺躯，不能胸出智珠，廓清陷溺，犹自栩栩燕笑，徒资谭柄，是亦可慨也已。

虽然，文人游戏，为龙为蛇，无所不可。故满目荆榛，盈前矛戟，而青樽惟我，白眼由他，总付之哑然一笑，乌所论妍媸美丑耶？

主人秉异赋，倜傥英奇，不屑作小儒鞶蹙态，弱冠即有志四方，足迹遍海内。故其闻见日益广，而谙练日益深，夫何颖秃研穿，经荒裘敝，而白衣苍狗，笑眼谁青？则又往往袭曼倩之诙谐，学庄周之隐语，清言倾四座，非徒貌晋人之风味，实深有激乎其中，而聊借玩世。此《笑林广记》之所以不辞俚鄙，闲辑成书，亦足见其一斑矣。

书为同人欣赏，久请付梓，而主人终以游戏所成，惟恐受嗤俗目，不敢问世。昨因访请甚虔，乃掀髯大噱曰："知我罪我，吾亦听之，斯世已矣！"

且余壹不知天壤间何者当歌，何者当泣，第念红尘鹿鹿，触绪增愁，所谓“人世难逢开口笑，”不独余悼之戚之。苟得是编而一再流览焉，非拍案以狂呼，即抚膺而叫绝，或断淳于之缨，或解匡鼎之颐，言者无罪，闻者倾倒，几令大块尽成一欢喜场；若徒赏其灵心慧舌，谓此则工巧也，此则尖颖也，此则神奇变幻，匪所思存也，则供鼙笑于当涂，博欢颜于叔季，壮夫之所不为，岂有心世教者之所取容求媚者哉？

余故于主人之镌是集而乐为序也。

掀髯叟漫题于笑笑轩之南窗

目录

卷一 古艳部

比职……001
发利市……001
贪官……001
有理……002
取金……002
糊涂……002
不明……002
偷牛……003
避暑……003
强盗脚……003
属牛……003
家属……004
州同……004
衙官隐语……004
武弁夜巡……004
垛子助阵……004
进士第……005
及第……005
封君……005
老父……005
公子封君……006
送父上学……006
考监……006
咬飞边……006
入场……006
书低……006
监生娘娘……007
监生自大……007
王监生……007
自不识……008
半字不值……008
借药擂……008
斋戒库……008
附例……009
酸臭……009
仿制字……009
春生帖……009
借牛……009

哭麟…………………… 010
江心赋…………………… 010
不愿富…………………… 010
薑字塔…………………… 010
医银入肚…………………… 010
田主见鸡…………………… 011
讲解…………………… 011
训子…………………… 011

卷二 腐流部

辞朝…………………… 012
上任…………………… 012
厮打…………………… 012
钻刺…………………… 012
证孔子…………………… 012
放肆…………………… 013
贽礼…………………… 013
不养子…………………… 013
野味…………………… 013
僧士诘辩…………………… 014
头场…………………… 014
识气…………………… 014
无一物…………………… 014
穷秀才…………………… 015
颂屁…………………… 015
出学门…………………… 015
抄祭文…………………… 015
凑不起…………………… 016
四等亲家…………………… 016
七等割孱…………………… 016
腹内全无…………………… 016
不完卷…………………… 017
求签…………………… 017
梦入泮…………………… 017
谒孔庙…………………… 017
狗头师…………………… 017
狗坐馆…………………… 018
师赞徒…………………… 018
请先生…………………… 018
兄弟延师…………………… 019
读破句…………………… 019
退束脩…………………… 020
赤壁赋…………………… 020
於戏左读…………………… 020
中酒…………………… 021
教法…………………… 021
浇其妻妾…………………… 021
梦周公…………………… 022
猫逐鼠…………………… 022
问馆…………………… 022
改对…………………… 022
挞徒…………………… 023
咬饼…………………… 023
想船家…………………… 023
叔叔…………………… 023
是我…………………… 024
屎在口头…………………… 024
村牛…………………… 024
瘟牛…………………… 024
歪诗…………………… 025

咏钟诗…………………… 025
老童生…………………… 025
认拐杖…………………… 026
拔须……………………… 026

卷三　术业部

医官……………………… 027
冥王访名医……………… 027
抬柩……………………… 027
医人……………………… 027
迷妇药…………………… 028
跳蚤药…………………… 028
医乳……………………… 028
愿脚踼…………………… 028
锯箭竿…………………… 028
怨算命…………………… 029
包殡殓…………………… 029
送药……………………… 029
补药……………………… 029
取名……………………… 029
索谢……………………… 030
包活……………………… 030
退热……………………… 030
僵蚕……………………… 030
看脉……………………… 031
医女接客………………… 031
大方打幼科……………… 031
幼科……………………… 031
小犬窠…………………… 032
骂………………………… 032
赔………………………… 032
吃白药…………………… 032
游水……………………… 032
阴阳生…………………… 033
法家……………………… 033
相相……………………… 033
不着……………………… 033
写真……………………… 034
胡须像…………………… 034
讳输棋…………………… 034
好棋……………………… 034
银匠偷…………………… 035
有进益…………………… 035
裁缝……………………… 035
不下剪…………………… 035
要尺……………………… 036
木匠……………………… 036
待诏……………………… 036
篦头……………………… 036
头嫩……………………… 037
取耳……………………… 037
同行……………………… 037
偷肉……………………… 037
卖淡酒…………………… 037
三名斩…………………… 038
酒娘……………………… 038
走作……………………… 038
着醋……………………… 038
酸酒……………………… 039
炙坛……………………… 039

卷四　形体部

愁穷……………………040
胡瘌杀……………………040
抛锚……………………040
通谱……………………040
一般胡……………………041
稀胡子……………………041
胡答嘲……………………041
光屁股……………………041
亲爷……………………042
无须狗……………………042
没须屁股……………………042
拔须去黑……………………042
黄须……………………043
老面皮……………………043
搁浅……………………043
瞽笑……………………043
被打……………………043
吃螺蛳……………………044
兄弟认匾……………………044
金漆盒……………………044
问路……………………044
乌云接日……………………045
鼻影作枣……………………045
虾酱……………………045
疑蛋……………………045
拾蚂蚁……………………045
捡银包……………………046
漂白眼……………………046
聋耳……………………046
呵欠……………………046
火症……………………046
讳聋哑……………………047
屁股麻……………………047
麻卵袋……………………047
赤鼻……………………047
鼻耐性……………………048
蒜治口臭……………………048
残疾婿……………………048
鸽口……………………048
过桥嚏……………………049
争座……………………049
直背……………………049
驼叔……………………049
认屁……………………049
屁婢……………………050
鳖头……………………050
路上屁……………………050
贼屁……………………050
吃屁……………………051
桌面响……………………051
田鸡叫……………………051
怕冷……………………051
大乳……………………052
抓背……………………052

卷五　殊禀部

恍惚……………………053
作揖……………………053

爇衣……………………053
卖弄……………………054
出像……………………054
刚执……………………054
应急……………………054
掇桶……………………054
正夫纲…………………055
请下操…………………055
虎势……………………055
访类……………………056
吐绿痰…………………056
理旧恨…………………056
吃梦中醋………………056
葡萄架倒………………057
痴婿……………………057
呆子……………………057
父各爨…………………058
烧令尊…………………058
子守店…………………058
活脱话…………………058
母猪肉…………………059
望孙出气………………059
买酱醋…………………059
悟到……………………059
藏锄……………………060
较岁……………………060
认鞋……………………060
记酒……………………060
盗牛……………………061
籴米……………………061
呆算……………………061
代打……………………061
七月儿…………………062
靠父膳…………………062
觅凳脚…………………062
访麦价…………………062
卧睡……………………062
懒活……………………063
白鼻猫…………………063
露水桌…………………063
咸蛋……………………063
看戏……………………064
演戏……………………064
祛盗……………………064
后跌……………………064
缓踱……………………064
出辔头…………………065
铺兵……………………065
鹅变鸭…………………065
帽当扇…………………065
买海螺…………………065
浼匠迁居………………066
混堂嗽口………………066
信阴阳…………………066
合着靴…………………066
发换糖…………………066

卷六　闺风部

拜堂产儿………………068
抢婚……………………068

两坦…………………… 068
谢周公………………… 068
亲嘴…………………… 069
舌头甜………………… 069
寡欲…………………… 069
邻人看………………… 069
偷弟媳………………… 069
藏年…………………… 070

卷七　世讳部

开路神………………… 071
焦面鬼………………… 071
咽糠…………………… 071
望烟囱………………… 071
借脑子………………… 072
件件熟………………… 072
活千年………………… 072
屁香…………………… 072
撞席…………………… 073
争座…………………… 073
父多一次……………… 073
醉敲门………………… 073
龟渡…………………… 073
骨血…………………… 074
妻当稍………………… 074
取头…………………… 074
白日鬼………………… 074
分子头………………… 075
穿窬…………………… 075
新雷公………………… 075
叫城门………………… 075
老鳏…………………… 076
抵偿…………………… 076
不利语………………… 076
吹叭喇………………… 077
戒狗肉………………… 077
病烂腿………………… 077
吃荇叶………………… 077

卷八　僧道部

追度牒………………… 078
掠缘簿………………… 078
鬼王撒尿……………… 078
发往酆都……………… 078
忏悔…………………… 079
追荐…………………… 079
闻香袋………………… 079
没骨头………………… 079
天报…………………… 080
跳墙…………………… 080
驱蚊…………………… 080
谢符…………………… 080
祈雨…………………… 080

卷九　贪吝部

开当…………………… 082
请神…………………… 082
好放债………………… 082
大东道………………… 082
打半死………………… 083

命穷…………………… 083
兄弟种田………………… 083
合伙做酒………………… 083
翻脸…………………… 084
画像…………………… 084
许日子………………… 084
醵金…………………… 084
不留客………………… 084
不留饭………………… 085
射虎…………………… 085
吃人…………………… 085
悭吝…………………… 085
卖粉孩………………… 086
独管裤………………… 086
莫想出头……………… 086
一毛不拔……………… 086
因小失大……………… 087
七德…………………… 087
粪鸡…………………… 087
下饭…………………… 087
吃榧伤心……………… 088
一味足矣……………… 088
卖肉忌赊……………… 088
醮酒…………………… 088
吞杯…………………… 089
好酒…………………… 089
恋席…………………… 089
恋酒…………………… 089
四脏…………………… 090
寡酒…………………… 090
白伺候………………… 090
梦戏酌………………… 090
梦美酒………………… 090
截酒杯………………… 091
切薄肉………………… 091
满盘多是……………… 091
滑字…………………… 091
不见肉………………… 091
和头多………………… 092
盛骨头………………… 092
收骨头………………… 092
涂嘴…………………… 092
索烛…………………… 093
借水…………………… 093
善求…………………… 093
好啖…………………… 093
同席不认……………… 093
喜属犬………………… 094
问肉…………………… 094
吃黄雀………………… 094
啖馄饨………………… 094
罚变蟹………………… 095
不吃素………………… 095
酒煮滚汤……………… 095
淡酒…………………… 095
淡水…………………… 095
索米…………………… 096
酒死…………………… 096
送君代酒……………… 096

卷十　贪寠部

好古董…………………… 097
不奉富…………………… 097
穷十万…………………… 097
失火…………………… 097
夹被…………………… 098
留茶…………………… 098
怕狗…………………… 098
食粥…………………… 098
鞋袜讦讼…………………… 098
被屑挂须…………………… 099
吃糟饼…………………… 099
烧黄熟…………………… 099
拉银会…………………… 099
兑会钱…………………… 100
剩石沙…………………… 100
饭粘扇…………………… 100
借服…………………… 100
酒瓮盛米…………………… 101
遇偷…………………… 101
羞见贼…………………… 101
望包荒…………………… 101
借债…………………… 101
变爷…………………… 102
梦还债…………………… 102
说出来…………………… 102
坐椅子…………………… 102
扛欠户…………………… 103
拘债精…………………… 103
摆海干…………………… 103

卷十一　讥刺部

搬是非…………………… 104
丈人…………………… 104
大爷…………………… 104
苏杭同席…………………… 104
狗衔锭…………………… 105
不停当…………………… 105
十只脚…………………… 105
亲家公…………………… 105
中人…………………… 106
媒人…………………… 106
表号…………………… 106
相称…………………… 106
看扇…………………… 107
性不饮…………………… 107
担鬼人…………………… 107
鬼脸…………………… 107
牙虫…………………… 108
好乌龟…………………… 108
有钱夸口…………………… 108
古今三绝…………………… 108
白蚁蛀…………………… 109
烦恼…………………… 109
猫逐鼠…………………… 109
祝寿…………………… 109
心狠…………………… 109
嘲恶毒…………………… 110
讥人弄乖…………………… 110

素毒……………………110
白嚼……………………110
笑话一担………………111
引避……………………111
取笑……………………111
吃橄榄…………………112
避首席…………………112
嘲滑稽客………………112
认族……………………112

卷十二 谬误部

见皇帝…………………114
僭称呼…………………114
看镜……………………114
高才……………………115
谢赏……………………115
外太公…………………115
卖粪……………………116
出丑……………………116
利市……………………116
官话……………………116
掌嘴……………………117
初上路…………………117
苏空头…………………117
譬字令…………………118
不知令…………………118
馄饨……………………118
两夫……………………118
墙龟……………………119
说大话…………………119
挣大口…………………119
天话……………………119
谎鼓……………………119
大浴盆…………………120
两企慕…………………120
误听……………………120
圆谎……………………121

附录 笑笑录

原序……………………122

卷一

相马……………………123
总姓王…………………123
冻猪肉…………………123
不解事仆射……………123
卿卿……………………124
乘驴……………………124

卷二

蔡京诸孙………………125
雨淋学士………………125
祝神……………………125
律赋之弊………………125
以诗绝媒………………126
减年恩例………………126
少陵可杀………………126
禁方……………………126

卷三

官谬…………………… 127
争雪…………………… 127
约同死………………… 127
饼钱…………………… 127
染布…………………… 128
避忌…………………… 128
臧武仲老大人………… 128

卷四

告荒…………………… 129
伯虎对………………… 129
开科诗………………… 129
文选昭明……………… 130
二顾…………………… 130
史记…………………… 130
似我…………………… 130
僧出家………………… 130
掉书袋………………… 131
不好谀………………… 131
熊掌…………………… 131

卷五

学诗…………………… 132
还磕头………………… 132
孝廉鄙陋……………… 132
率叔…………………… 133
不白之冤……………… 133
伯夷叔齐……………… 133
卖盐官………………… 134
书书书………………… 134
嘲时文道情…………… 134
大大人………………… 134
老奸巨猾……………… 135
十字令………………… 135
绅珰相谑……………… 135
杖铭…………………… 136

卷六

再打三斤……………… 137
鸡卵…………………… 137
布医…………………… 138
匾额…………………… 138
兰花菇………………… 138
科诨…………………… 139
痴人说梦……………… 139
家大人………………… 139
自挞…………………… 139
策谬…………………… 140
记误…………………… 140
计开…………………… 140
制古砖………………… 141
高帽子………………… 141
杀人…………………… 141
梅花诗………………… 142
灯棚联………………… 142
借《西厢》语………… 142
僧惧内………………… 142
诗嘲俗令……………… 142
谒势人………………… 143

卷一　古艳部

比职

甲乙两同年初中。甲选馆职，乙授县令。甲一日乃骄语之曰："吾位列清华，身依宸禁，与年兄做有司者，资格悬殊。他不具论，即选拜客用大字帖儿，身分体面，何啻天渊。"乙曰："你帖上能用几字，岂如我告示中的字，不更大许多？晓谕通衢（qú），百姓无不凛遵恪守，年兄却无用处。"甲曰："然则金瓜黄盖，显赫炫耀，兄可有否？"乙曰："弟牌棍清道，列满街衢，何止多兄数倍？"甲曰："太史图章，名标上苑，年兄能无羡慕乎？"乙曰："弟有朝廷印信，生杀之权，惟吾操纵，视年兄身居冷曹，图章私刻，谁来怕你？"甲不觉词遁，乃曰："总之，翰林声价值千金。"乙笑曰："吾坐堂时，百姓口称青天爷爷，岂仅千金而已耶？"

发利市

一官新到任，祭仪门毕，有未烬纸钱在地，官即取一锡锭藏好。门子禀曰："老爷，这是纸钱，要他何用？"官曰："我知道，且等我发个利市看。"

贪官

有农夫种茄不活，求计于老圃。老圃曰："此不难，每茄树下埋钱一文即活。”问其何故，答曰：“有钱者生，无钱者死。”

有理

一官最贪。一日，拘两造对鞫（jū），原告馈以五十金，被告闻知，加倍贿托。及审时，不问情由，抽签竟打原告。原告将手作五数势曰：“小的是有理的。”官亦以手覆曰：“奴才，你讲有理。”又以手一仰曰：“他比你更有理哩。”

取金

一官出朱票，取赤金二锭，铺户送讫，当堂领价。官问：“价值几何？”铺家曰：“平价该若干，今系老爷取用，只领半价可也。”官顾左右曰：“这等，发一锭还他。”发金后，铺户仍候领价。官曰：“价已发过了。”铺家曰：“并未曾发。”官怒曰：“刁奴才，你说只领半价，故发一锭还你，抵了一半价钱。本县不曾亏了你，如何胡缠？快撵出去！”

糊涂

一青盲人涉讼，自诉眼瞎。官曰：“你明明一双清白眼，如何诈瞎？”答曰：“老爷看小人是清白的，小人看老爷却是糊涂得紧。”

不明

一官断事不明，惟好酒怠政，贪财酷民，百姓怨恨，乃作诗以诮之云："黑漆皮灯笼，半天萤火虫。粉墙画白虎，黄纸写乌龙。茄子敲泥磬，冬瓜撞木钟。唯知钱与酒，不管正和公。"

偷牛

有失牛而讼于官者，官问曰："几时偷去的？"答曰："老爷，明日没有的。"吏在傍不觉失笑，官怒曰："想就是你偷了！"吏洒两袖曰："任凭老爷搜。"

避暑

官值暑月，欲觅避凉之地。同僚纷议，或曰某山幽雅，或曰某寺清闲。一老人进曰："山寺虽好，总不如此座公厅，最是凉快。"官曰："何以见得？"答曰："别处多有日头，独此处有天无日。"

强盗脚

乡民初次入城，见有木桶悬于城上，问人曰："此中何物？"应者曰："强盗头。"及至县前，见无数木匣钉于谯楼之上，皆前官既去而所留遗爱之靴。乡民不知，乃点首曰："城上挂的强盗头，此处一定是强盗脚了。"

属牛

一官遇生辰，吏典闻其属鼠，乃醵黄金铸一鼠为寿。官甚喜，曰："汝等可知奶奶生日，亦在目下乎？"众吏曰："不知，请问其属？"官曰："小我一岁，丑年生的。"

家属

官坐堂，众后中有撒一响屁，官即叫："拿来！"吏禀曰："老爷，屁是一阵风，吹散没影踪，叫小的如何拿得？"官怒云："为何徇情卖放？定要拿到！"皂无奈，只得取干屎回销："禀老爷，正犯是走了，拿得家属在此。"

州同

一人最好古董，有持文王鼎求售者，以百金买之。又一人持一夜壶至，铜色斑驳陆离，云是武王时物，亦索重价。曰："铜色虽好，只是肚里甚臭。"答曰："腹中虽臭，难道不是个周（州）铜（同）？"

衙官隐语

衙官聚会，各问何职。一官曰："随常茶饭掇将来，盖义取现成（县丞）也"。一官曰："滚汤锅里下文书，乃煮（主）簿也。"一官曰："乡下蛮子租粪窖。"问者不解，答曰："典屎（史）。"

武弁（biàn）夜巡

一武弁夜巡，有犯夜者，自称书生会课归迟。武弁曰："既是书生，且考你一考。"生请题，武弁思之不得，喝曰："造化了你的，今夜幸而没有题目。"

垛子助阵

一武官出征将败，忽有神兵助阵，反大胜。官叩头请神姓名。神曰："我是垛子。"官曰："小将何德，敢劳垛子尊神见救？"答曰："感汝平昔在教场，从不曾有一箭伤我。"

进士第

一介弟横行于乡，怨家骂曰："兄登黄甲，与汝何干，而豪横若此？"答曰："你不见匾额上面写着'进士第（弟）'么？"

及第

一举子往京赴试，仆挑行李随后。行到旷野，忽狂风大作，将担上头巾吹下。仆大叫曰："落地了！"主人心下不悦，嘱曰："今后莫说落地，只说及第。"仆领之，将行李拴好，曰："如今恁你走上天去，再也不会及第了。"

封君

有市井获封者，初见县官，甚跼（jú）蹐（jí），坚辞上坐。官曰："叨为令郎同年，论理还该侍坐。"封君乃张目问曰："你也是属狗的么？"

老父

一市井受封，初见县官，以其齿尊，称之曰："老先。"其人含怒而归，子问其故，曰："官欺我太甚。彼该称我老先生才是，乃作歇后语，叫甚么老先，明系轻薄。我回称，也不曾失了便宜。"子询何以称呼，答曰："我本应称他老父母，今亦缩住后韵，只叫他声老父。"

公子封君

有公子兼封君者，父对之，乃欣羡不已。讶问其故，曰：“你的爷既胜过我的爷，你的儿又胜过我的儿。”

送父上学

一人问：“公子与封君孰乐？”答曰：“做封君虽乐，齿已衰矣，惟公子年少最乐。”其人急趋而去，追问其故，答曰：“买了书，好送家父去上学。”

考监

一监生过国学门，闻祭酒方盛怒两生而治之，问门上人者：“然则打欤？罚欤？镦锁欤？”答曰：“出题考文。”生即咈（fú）然曰：“咦，罪不至此。”

咬飞边

贫子途遇监生，忽然抱住咬耳一口。生惊问其故，答曰：“我穷苦极矣，见了大锭银子，如何不咬些飞边用用！”

入场

监生应付入场，方出，一故人相遇揖之，并揖路旁猪屎。生问：“此臭物，揖之何为，”答曰：“他臭便臭，也从大肠（场）里出来的。”

书低

一生赁僧房读书，每日游玩。午后归房，呼童取书来。

童持《文选》，视之，曰："低。"持《汉书》，视之，曰："低。"又持《史记》，视之，曰："低。"僧大诧曰："此三书，熟其一，足称饱学，俱云低，何也？"生曰："我要睡，取书作枕头耳。"

监生娘娘

监生至城隍庙，傍有监生案，塑监生娘娘像。归谓妻曰："原来我们监生恁般尊贵，连你的像，早已都塑在城隍庙里了。"

监生自大

城里监生与乡下监生，各要争大。城里者耻之曰："我们见多识广，你乡里人孤陋寡闻。"两人争辩不已，因往大街同行，各见所长。到一大第门首，匾上"大中丞"三字，城里监生倒看指谓曰："这岂不是丞中大？乃一征验。"又到一宅，匾额是"大理卿"，乡下监生以"卿"字认作"鄉"字，忙亦倒念指之曰："这是鄉里大了。"两人各不见高下。又来一寺门首，上题"大士阁"，彼此平心和议曰："原来阁（各）士（自）大。"

王监生

一监生姓王，加纳知县到任。初落学，青衿呈书，得"牵牛"章，读诵之际，忽问那"王见之"是何人，答曰："此王诵之之兄也。"又问那"王曰然"是何人，答曰："此王曰叟之弟也。"曰："妙得紧，且喜我王氏一门，都在书上。"

自不识

有监生穿大衣，带圆帽，于着衣镜中自照，得意甚，指谓妻曰："你看镜中是何人？"妻曰："臭乌龟，亏你做了监生，连自（字）不识。"

半字不值

一监生妻谓其孤陋寡闻，使劝读书，问："读书有甚好处？"妻曰："一字值千金，如何无益？"生答曰："难道我此身半个字也不值？"

借药撵

一监生临终，谓妻曰："我一生挣得这副衣冠，死后必为我殡殓。"妻诺。既死，穿衣套靴讫，惟圆帽左右攲侧难带。妻哭曰："我的天，一顶帽子也无福戴。"生复转魂，张目谓妻曰："必要戴的。"妻曰："非不欲带，恨枕不稳耳。"生曰："对门某医生家药撵槽，借来好做枕。"

斋戒库

一监生姓齐，家资甚富，但不识字。一日，府尊出票，取鸡二只，兔一只。皂亦不识票中字，央齐监生看。生曰："讨鸡二只，免一只。"皂只买一鸡回话。太守怒曰："票上取鸡二只，兔一只，为何只缴一鸡？"皂以监生事禀，太守遂拘监生来问。时太守适有公干，暂将监生收入斋戒库内候究。生入库，见碑上"斋戒"二字，认做他父亲"齐成"姓名，张目惊诧，呜咽不止。人问何故，答曰："先人灵座，何人设建在此？睹物伤情，焉得不哭。"

附例

一秀才畏考，援例堂试之日，至晚不能成篇，乃大书卷面曰："惟其如此，所以如此。若要如此，何苦如此！"官见而笑之曰："写得此四句出，毕竟还是个附例。"

酸臭

小虎谓老虎曰："今日出山，搏得一人，食之滋味甚异，上半截酸，下半截臭，究竟不知是何等人。"老虎曰："此必是秀才纳监者。"

仿制字

一生见有投制生帖者，深叹"制"字新奇，偶致一远札，遂效之。仆致书回，生问见书有何话说，仆曰："当面启看，便问老相公无恙，又问老安人好否，予曰俱安。乃沉吟半晌，带笑而入，才发回书。"生大喜曰："人不可不学，只一字用得着当，使一家俱问到，添下许多殷勤。"

春生帖

一财主不通文墨，谓友曰："某人甚是欠通，清早来拜我，就写晚生帖。"傍一监生曰："这到还差不远，好像这两日秋天拜客，竟有写春生帖子的哩。"

借牛

有走柬借牛于富翁者，翁方对客，讳不识字，伪启缄视之。对来使曰："知道了，少刻我自来也。"

哭麟

孔子见死麟，哭之不置。弟子谋所以慰之者，乃编钱挂牛体，告曰："麟已活矣。"孔子观之曰："这明明是一只村牛，不过多得几个钱耳。"

江心赋

有富翁同友远出，泊舟江中。偶散步上岸，见壁间题"江心赋"三字，错认"赋"字为"贼"字，惊欲走匿。友问故，指曰："此处有贼。"友曰："赋也，非贼也。"其人曰："赋（富）便赋了，终是有些贼形。"

不愿富

一鬼托生时，冥王判作富人。鬼曰："不愿富也。但求一生衣食不缺，无是无非，烧清香，吃苦茶，安闲过日足矣。"冥王曰："要银子便再与你几万，这样安闲清福，却不许你享。"

薑（jiāng）字塔

一富翁问"薑"字如何写，对以草字头，次一字，次田字，又一字，又田字，又一字。其人写草、壹、田、壹、田、壹，写讫玩之，骂曰："天杀的，如何诳我！分明作耍我造成一座宝塔了。"

医银入肚

一富翁含银于口，误吞入腹，痛甚，延医治之。医曰：

“不难，先买纸牌一副，烧灰咽之，再用艾丸灸脐，其银自出。”翁询其故，医曰：“外面用火烧，里面有强盗打劫，那怕你的银子不出来！”

田主见鸡

一富人有余田数亩，租与张三者种，每亩索鸡一只。张三将鸡藏于背后，田主遂作吟哦之声曰：“此田不与张三种。”张三忙将鸡献出，田主又吟曰：“不与张三却与谁？”张三曰：“初间不与我，后又与我，何也？”田主曰：“初乃无稽（鸡）之谈，后乃见机（鸡）而作也。”

讲解

有姓李者暴富而骄，或嘲之，云一童读《百家姓》首句，求师解释，师曰：“赵是精赵的赵字，钱是有铜钱的钱字，孙是小猢狲的孙字，李是姓张姓李的李字。”童又问：“倒转亦可讲得否？”师曰：“也得。”童曰：“如何讲？”师曰：“不过姓李的小猢狲，有了几个臭铜钱，一时就铎赵起来。”

训子

富翁子不识字，人劝以延师训之。先学“一”字是一画，次“二”字二画，次“三”字三画。其子便欣然投笔，告父曰：“儿已都晓字义，何用师为？”父喜之，乃谢去。一日，父欲招万姓者饮，命子晨起治状，至午不见写成。父往询之，子患曰：“姓亦多矣，如何偏姓万。自早至今，才得五百画着哩！”

卷二　腐流部

辞朝

一教官辞朝见象，低徊留之不忍去。人问其故，答曰：“我想祭丁的猪羊，有这般肥大便好。”

上任

岁贡选教职，初上任，其妻进衙，不觉放声大哭。夫惊问之，妻曰：“我巴得你到今日，只道出了学门，谁知反进了学门！”

厮打

教官子与县丞子厮打，教官子屡负，归而哭诉其母。母曰：“彼家终日吃肉，故恁般强健会打。你家终日吃腐，力气衰微，如何敌得他过？”教官曰：“这般我儿不要忙，等祭过了丁，再与他报复便了。”

钻刺

鼠与黄蜂拜为兄弟，邀一秀才做盟证，秀才不得已往，列为第三人。一友问曰：“兄何居乎鼠辈之下？”答曰：“他两个一会钻，一会刺，我只得让他罢了。”

证孔子

两道学先生议论不合，各自诧真道学而互诋为假，久之不决。乃请正于孔子，孔子下阶，鞠躬致敬而言曰：“吾道甚大，何必相同。二位老先生皆真正道学，丘素所钦仰，岂有伪哉。”两人各大喜而退。弟子曰：“夫子何谀之甚也！”孔子曰：“此辈人哄得他动身就够了，惹他怎么？”

放肆

道学先生嫁女出门，至半夜尚在厅前徘徊踱索。仆云：“相公，夜深请睡罢。”先生顿足怒云：“你不晓得，小畜生此时正在那里放肆了。”

贽礼

广文到任，门人以钱五十为贽者，题刺曰：“谨具贽仪五十文，门人某百顿首拜。”师书其帖而返之，曰：“减去五十拜，补足一百文何如？”门人答曰：“情愿一百五十拜，免了这五十文又何如？”

不养子

一士夫子孙繁衍，而同侪有无子者，乃骄语之曰：“尔没力量，儿子也养不出一个。像我这等子孙多，何等热闹。”同侪答曰：“其子尔力也，其孙非尔力也。”

野味

甲乙二士应试，甲曰：“我梦一木冲天，何如？”乙曰：“一木冲天，乃‘未’字也，恐非佳兆。”因言己梦一雉贴天而飞，此必文明之象，稳中无疑矣。甲摇首曰：“咦，野味。”

僧士诘辩

秀才诘问和尚曰："你们经典内'南无'二字，只应念本音，为何念作'那摩'？"僧亦回问云："相公《四书》上'於戏'二字，为何亦读作'呜呼'？如今相公若读於戏，小僧就念南无；相公若是呜呼，小僧自然要那摩。"

头场

玉帝生日，群仙毕贺。东方朔后至，见寿星彷徨门外，问之，曰："有告示贴出，不放我进。"又问："何故贴出？"答曰："怪我头长（同场）。"

识气

一瞎子双目不明，善能闻香识气。有秀才拿一《西厢》本与他闻，曰："《西厢记》。"问："何以知之？"答曰："有些脂粉气。"又拿《三国志》与他闻，曰："《三国志》。"又问："何以知之？"答曰："有些刀兵气。"秀才以为奇异，却将自做的文字与他闻，瞎子曰："此是你的佳作。"问："你怎知？"答曰："有些屁气。"

无一物

窃人往各寺院，窃取神物灵心，止有土地庙未取。及去挖开，见空空如也，乃骇叹曰："看他巾便戴了一顶，原来腹中毫无一物！"

穷秀才

有初死见冥王者，王谓其生前受用太过，判来生去做一秀才，与以五子。鬼吏禀曰：“此人罪重，不应如此善遣。”王笑曰：“正惟罪重，我要处他一个穷秀才，把他许多儿子，活活累杀他罢了。”

颂屁

一士死见冥王，自称饱学，博通古今。王偶撒一屁，士即进词云：“伏惟大王，高耸金臀，洪宣宝屁，依稀乎丝竹之声，仿佛乎麝兰之气。臣立下风，不胜馨香之味。”王喜，命赐宴，准与阳寿一纪，至期自来报到，不消鬼卒勾引。士过十二年，复诣阴司，谓门上曰：“烦到大王处通禀，说十二年前做放屁文章的秀才又来了。”

出学门

儒学碑亭新完，一士携妓往视，见碑下负重，戏谓妓曰：“汝父在此，为何不拜？”妓即下拜云：“我的爷，看你这等蹭蹬，何时出得学门？”

抄祭文

东家丧妻母，往祭，托馆师撰文。乃按古本误抄祭妻父者与之，为识者看出，主人怪而责之。馆师曰：“此文是古本刊定的，如何得错？只怕倒是他家错死了人，这便不关我事。”

凑不起

一士子赴试，艰于构思。诸生随牌俱出。接考者候久，甲仆问乙仆曰：“不知作文一篇，约有多少字？”乙曰：“想来不过五六百。”甲曰：“五六百字，难道胸中便没有了，此时还不出来？”乙曰：“五六百字虽有在肚里，只是一时凑不起来耳。”

四等亲家

两秀才同时四等，于受责时曾识一面。后联姻，成亲日相见，男亲家曰：“尊容曾在何处会过来？”女亲家曰：“便是有些面善，一时想不起。”各沉吟间，忽然同悟，男亲家点头曰：“嗄！”女亲家亦点头曰：“嗄！”

七等割屪

一士考末等，自觉惭愧，且虑其妻之姗己也。乃架一说诳妻曰：“从前宗师止于六等，今番遇着这个瘟官，好不厉害，又增出一等，你道可恶不可恶？”妻曰：“七等如何？”对曰：“六等不过去前程，考七等者，竟要阉割。”妻大惊曰：“这等你考在何处？”夫曰：“还亏我争气，考在六等，幸而免割。”

腹内全无

一秀才将试，日夜忧郁不已。妻乃慰之曰：“看你作文，如此之难，好似奴生产一般。”夫曰：“还是你每生子容易。”妻曰：“怎见得？”夫曰：“你是有在肚里的，我是没在肚里的。”

不完卷

一生不完卷，考置四等，受扑。对友曰："我只缺得半篇。"友云："还好。若做完，看了定要打杀。"

求签

一士岁考求签，通陈曰："考在六等求上上，四等下下。"庙祝曰："相公差矣，四等止杖责，如何反是下下？"士曰："非汝所知。六等黜退，极是干净。若是四等，看了我的文字，决被打杀。"

梦入泮

府取童生，祈梦："道考可望入泮否？"神问曰："汝祖父是科下否？"曰："不是。"又问："家中富饶否？"曰："无得。"神笑曰："既是这等，你做甚么梦！"

谒孔庙

有以银钱汇缘入泮者，拜谒孔庙，孔子下席答之。士曰："今日是夫子弟子礼，应坐受。"孔子曰："岂敢！你是我孔方兄的弟子，断不受拜。"

狗头师

馆师岁暮买舟回家，舟子问曰："相公贵庚？"答曰："属狗的，开年已是五十岁了。"舟人曰："我也属狗，为何贵贱不等？"又问："那一月生的？"答曰："正月。"舟子大悟曰："是了，是了，怪不得！我十二月生，是个

狗尾，所以摇了这一世。相公正月生，是个狗头，所以教（叫）了这一世。”

狗坐馆

一人惯会说谎，对亲家云：“舍间有三宝：一牛每日能行千里，一鸡每更止啼一声，又一狗善能读书。”亲家骇云：“有此异事，来日必要登堂求看。”其人归与妻述之：“一时说了谎，怎生回护？”妻曰：“不妨，我自有处。”次日，亲家来访，内云：“早上往北京去了。”问：“几时回？”答曰：“七八日就来的。”又问：“为何能快？”曰：“骑了自家牛去。”问：“宅上还有报更鸡？”适值亭中午鸡啼，即指曰：“只此便是，不但夜里报更，日间生客来也报的。”又问：“读书狗请借一观。”答曰：“不瞒亲家说，只为家寒，出外坐馆去了。”

师赞徒

馆师欲为固馆计，每赞学生聪明，东家不信，命当面对课。师曰：“蟹。”学生对曰：“伞”。师赞之不已。东翁不解，师曰：“我有隐意：蟹乃横行之物，令郎对‘伞’，有独立之意，岂不绝妙。”东翁又命对两字课。师曰：“割稻。”学生对曰：“行房。”师又赞不已。东家大怒，师曰：“此对也有隐意，我出‘割稻’者，乃积谷防饥。他对‘行房’者，乃养儿待老。”

请先生

一师惯谋人馆，被冥王访知，着夜叉拿来。师躲在门内不出，鬼卒设计哄骗曰："你快出来，有一好馆请你。"师闻有馆，即便趋出，被夜叉擒住。先生曰："看你这鬼头鬼脑，原不像个请先生的。"

兄弟延师

有兄弟两人，共延一师，分班供给。每交班，必互嫌师瘦，怪供给之不丰。于是兄弟相约，师轮至日，即秤斤两，以为交班肥瘦之验。一日，弟将交师于兄，乃令师饱餐而去。既上秤，师偶撒一屁，乃咎之曰："秤上买卖，岂可轻易撒出！说不得，原替我吃了下去。"

读破句

庸师惯读破句，又念白字。一日训徒，教《大学·序》，念云："大学之，书古之，大学所以教人之。"主人知觉，怒而逐之。复被一荫官延请入幕，官不识律令，每事询之馆师。一日，巡捕拿一盗钟者至，官问："何以治之？"师曰："夫子之道（盗）忠（钟），恕而已矣。"官遂释放。又一日，获一盗席者至，官又问，师曰："朝闻道（盗）夕（席），死可矣。"官即将盗席者立毙杖下。适冥王私行，察访得实，即命鬼判拿来，痛骂曰："不通的畜生！你骗人馆谷，误人子弟，其罪不小，摘往轮回去变猪狗。"师再三哀告曰："做猪狗固不敢辞，但猪要判生南方，狗乞做一母狗。"王问何故，答曰："南方之（猪），强与北方之（猪）。"又问："母狗为何？"答曰："《曲礼》云：'临财母（毋）苟（狗）得，临难母（毋）苟（狗）免。'"

退束脩

一师学浅，善读别字，主人恶之，与师约：每读一别字，除脩一分。至岁终，退除将尽，止余银三分封送之。师怒曰："是何言兴，是何言兴？"主人曰："如今再扣二分，存银一分矣。"东家母在傍曰："一年辛苦，半除也罢。"先生近前作谢曰："夫人不言，言必有中。"主人曰："恰好连这一分干净拿进去。"

赤壁赋

庸师惯读别字。一夜，与徒讲论前后《赤壁》两赋，竟念"赋"字为"贼"字。适有偷儿潜伺窗外，师乃朗诵大言曰："这前面《赤（作拆字）壁贼》呀。"贼人惊，因思前面既觉，不若往房后穿逾而入。时已夜深，师讲完，往后房就寝。既上床，复与徒论及后面《赤壁赋》，亦如前读。偷儿在外叹息曰："我前后行藏，悉被此人识破。人家请了这样先生，看家狗都不消养得了！"

於戏左读

有蒙训者，首教《大学》，至"於戏，前王不忘"句，竟如字读之。主曰："误矣，宜读作'呜呼'。"师从之。至冬间，读《论语》注"傩虽古礼而近於戏"，乃读作"呜呼"。主人曰："又误矣，此乃'於戏'也。"师大怒，诉其友曰："这东家甚难理会，只'於戏'两字，从年头直与我拗到年尾。"

中酒

一师设教，徒问："大学之道如何讲？"师佯醉曰："汝偏拣醉时来问我。"归与妻言之，妻曰："'大学'是书名，'之道'是书中之道理。"师颔之。明日，谓其徒曰："汝辈无知，昨日乘醉便来问我。今日我醒，偏不来问，何也？汝昨日所问何义？"对以"大学之道"。师如妻言释之。弟子又问："'在明明德'如何？"师遽捧额曰："且住，我还中酒在此。"

教法

主人怪师不善教，师曰："汝欲我与令郎俱死耶？"主人不解，师曰："我教法已尽矣，只除非要我钻在令郎肚里去，我便闷杀，令郎便胀杀！"

浇其妻妾

人家请一馆师，书房逼近内室。一日课徒，读"譬如四时之错行"句，注曰："错犹迭也。"东家母听见，嗔其有意戏狎，诉于主人。主人不通书解，怒欲逐之。师曰："书义如此，汝自不解耳，我何罪焉？"遂迁馆于厅楼，以避罗唣。一日，东家妻妾游于楼下，师欲小便不得，乃从壁间溺之。不意淋在妻妾头上，复诉于主人。主因思前次孟浪怪他，今番定须考证书中有何出典。乃左右翻释，忽大悟曰："原来在此，不然，几被汝等所误矣。"问："有何凭据？"主曰："施施从外来，骄（浇）其妻妾。"

梦周公

一师昼寝，而不容学生磕睡。学生诘之，师谬言曰：“我乃梦周公也。”明昼，其徒亦效之，师以戒方击醒曰：“汝何得如此？”徒曰：“亦往见周公耳。”师曰：“周公何语？”答曰：“周公说，昨日并不曾见尊师。”

猫逐鼠

一猫捕鼠，鼠甚迫，无处躲避，急匿在竹轿杠中。猫顾之，叹云：“看你管（馆）便进得好，这几个节如何过得去！”

问馆

乞儿制一新竹筒，众丐沽酒称贺。每饮毕，辄呼曰：“庆新管酒干。”一师正在觅馆，偶经过闻之，误听以为庆新馆也，急向前揖之曰：“列位既有了新馆，把这旧馆让与学生罢！”

改对

训蒙先生出两字课与学生对曰：“马嘶。”一徒对曰：“鹏奋。”师曰：“好，不须改得。”徒揖而退。又一徒曰：“牛屎。”师叱曰：“狗屁！”徒亦揖而欲行，师止之曰：“你对也不曾对好，如何便走？”徒曰：“我对的是牛屎，先生改的是狗屁。”

挞徒

馆中二徒，一聪俊，一呆笨。师出夜课，适庭中栽有梅树，即指曰："老梅。"一徒见盆内种柏，应声曰："小柏。"师曰："善。"又命一徒可对好些，徒曰："阿爹。"师以其对得胡说，怒挞其首。徒哭曰："他小柏（伯）不打，倒来打阿爹。"

咬饼

一蒙师见徒手持一饼，戏之曰："我咬个月湾与你看！"既咬一口，又曰："我再咬个定胜与你看！"徒不舍，乃以手掩之，误咬其指，乃呵曰："没事没事，今日不要你念书了。家中若问你，只说是狗夺饼吃，咬伤的。"

想船家

教书先生解馆归，妻偶谈及"喷嚏鼻子痒，有人背地讲"。夫曰："我在学堂内，也常常打嚏的。"妻曰："就是我在家想你了。"及开年，仍赴东家馆。别妻登舟，船家被初出太阳搐鼻，连打数嚏。师频足曰："不好了，我才出得门，这婆娘就在那里看想船家了！"

叔叔

师向主人极口赞扬其子沉潜聪慧，识字通透，堪为令郎伴读。主曰："甚好。"师归谓其子曰："明岁带你就学，我已在东翁前夸奖，只是你秉性痴呆，一字不识。"因写"被""饭""父"三字，令其熟记，以备问对。及到馆后，主人连试数字，无一知者。师曰：“小儿怕生，待我写来，自然会识。”随写“被”字问之，子竟茫然。师曰：“你床上盖的是甚么？”答曰：“草荐。”师又写“饭”字与认，亦不答。曰：“你家中吃的是甚么？”曰：“麦粞。”又写“父”字与识，子曰：“不知。”师忿怒曰：“你娘在家，同何人睡的？”答曰：“叔叔。”

是我

一师值清明放学，率徒郊外踏青。师在前行，偶撒一屁，徒曰：“先生，清明鬼叫了。”先生曰：“放狗屁。”少顷，大雨倾盆，田间一瓦，为水淹没，仅露其背。徒又指谓先生曰：“这像是个乌龟。”师曰：“是瓦（我）。”

屎在口头

学生问先生曰：“屎字如何写？”师一时忘却，不能回答，沉吟片晌，曰：“咦，方才在口头，如何再说不出？”

村牛

一士善于联句，偶同友人闲步，见有病马二匹卧于城下，友即指而问曰：“闻兄捷才，素善作对，今日欲面领教。”士曰：“愿闻。”友出题曰：“城北两只病马。”士即对曰：“江南一个村牛。”

瘟牛

经学先生出一课与学生对曰：“隔河并马。”学生误认“并”字为“病”字，即应声曰：“过江瘟牛。”

歪诗

一士好做歪诗。偶到一寺前，见山门上塑赵玄坛喝虎像，士即诗兴勃发，遂吟曰："玄坛菩萨怒，脚下踏个虎。傍立一判官，嘴上一脸恶。"及到里面，见殿宇巍峨，随又续题曰："宝殿雄哉大（音度），大佛归中坐。文殊骑狮子，普贤骑白兔。"僧出见曰："相公诗才敏妙，但韵脚欠妥。小僧回奉一首何如？"士曰："甚好。"僧念曰："出在山门路，撞着一瓶醋。诗又不成诗，只当放个破（读屁音）。"

咏钟诗

有四人自负能诗。一日，同游寺中，见殿角悬钟一口，各人诗兴勃然，遂联句一首。其一曰："寺里一口钟。"次韵云："本质原是铜。"三曰："覆转像只碗。"四曰："敲来嗡嗡嗡。"吟毕，互相赞美不置口，以为诗才敏捷，无出其右。"但天地造化之气，已泄尽无遗，定夺我辈寿算矣。"四人忧疑，相聚环泣。忽有老人自外至，询问何事，众告以故。老者曰："寿数固无碍，但各要患病四十九日。"众问何病，答曰："了膀骨痛！"

老童生

老虎出山而回，呼肚饥。群虎曰："今日固不遇一人乎？"对曰："遇而不食。"问其故，曰："始遇一和尚，因臊气不食。次遇一秀才，因酸气不食。最后一童生来，亦不曾食。"问："童生何以不食？"曰："怕咬伤了牙齿。"

认拐杖

县官考童生，至晚忽闻鼓角喧闹。问之，门子禀曰：“童生拿差了拐杖，在那里争认。”

拔须

童生拔须赶考，对镜恨曰：“你一日不放我进去，我一日不放你出来！”

卷三　术业部

医官

医人买得医官札付者，冠带而坐于店中。过者骇曰："此何店，而有官在内？"傍人答曰："此医官之店（嘲衣冠之玷）。"

冥王访名医

冥王遣鬼卒访阳间名医，命之曰："门前无冤鬼者即是。"鬼卒领旨，来到阳世，每过医门，冤鬼毕集。最后至一家，见门首独鬼傍徨，曰："此可以当名医矣。"问之，乃昨日新竖药牌者。

抬柩

一医生医死人，主家愤甚，呼群仆毒打。医跪求至再，主曰："私打可免，官法难饶。"即命送官惩治。医畏罪，哀告曰："愿雇人抬往殡殓。"主人许之。医苦家贫，无力雇募，家有二子，夫妻四人共来抬柩。至中途，医生叹曰："为人切莫学行医。"妻咎夫曰："为你行医害老妻。"幼子云："头重脚轻抬不起。"长子曰："爹爹，以后医人拣瘦的。"

医人

有送医士出门，犬适拦门而吠，主人喝之即止。医赞其能解人意，主曰："虽则畜生，倒也还会依（医）人。"

迷妇药

一方士专卖迷妇人药，妇着在身，自来与人私合。一日有轻浪子弟来买药，适方士他出，其妻取药付之。子弟就以药弹其身上。妇至房，妇只得与伊交合。方士归，妻以其事告之，方士怒云："谁教你就他？"妻曰："我若不从，显得你的药便不灵了。"

跳蚤药

一人卖跳蚤药，招牌上写出"卖上好蚤药"。问："何以用法？"答曰："捉住虼蚤，以药涂其嘴，即死矣。"

医乳

人家请医看乳癖，医将好奶玩弄不已。主骇问何意，答曰："我在此仔细斟酌，必要医得与他一样才好。"

愿脚踢

樵夫担柴，误触医士。医怒，欲挥拳。樵夫曰："宁受脚踢，勿动尊手。"傍人误之，樵者曰："脚踢未必就死，经了他手，定然难活。"

锯箭竿

一人往观武场，飞箭误中其身，迎外科治之。医曰："易事耳。"遂用小锯截其外竿，即索谢辞去。问："内截如何？"答曰："此是内科的事。"

怨算命

或见医者，问以生意何如，答曰："不要说起，都被算命先生误了，嘱我有病人家不要去走。"

包殡殓

有医死人儿，许以袖归殡殓，其家恐见欺，命仆随之。至一桥上，忽取儿尸掷之河内。仆怒曰："如何抛了我家小舍？"医曰："非也。"因举左袖曰："你家的在这里。"

送药

一医迁居，谓四邻曰："向来打搅，无物可做别敬，每位奉药一帖。"邻舍辞以无病，医曰："但吃了我的药，自然会生起病来。"

补药

一医止宿病家，夜半屎急不便，乃出于一箱格中，闭之。晨起，主人请用药，偶欲抽视此格，医坚持不许。主人问："何药？"答曰："我自吃的补药在内。"

取名

有贩卖药材者离家数载，其妻已生下四子。一日夫归，问众子何来，妻曰："为你出外多年，我朝暮思君，结想成胎，故命名俱暗藏深意：长是你乍离家室，宿舟沙畔，故名宿砂；次是你远乡作客，我在家志念，故名远志；三是料你置货完备，合当归家，故唤当归；四是连年盼你不到，今该返回故乡，故唤茴香。”夫闻之，大笑曰：“依你这等说来，我再在外几年，家里竟开得一爿山药铺了。”

索谢

一贫士患腹泻，请医调治，谓医曰：“家贫不能馈药金，医好之日，奉请一醉。”医从之。服药而愈，恐医索谢，诈言腹泻未止。一日，医者伺其大便，随往验之，见撒出者俱是干粪，因怒指而示之曰：“撒了这样好粪，如何还不请我？”

包活

一医药死人儿，主家诟之曰：“汝好好殡殓我儿罢了，否则讼之于官。”医许以带归处置，因匿儿于药箱中。中途又遇一家邀去，启箱用药，误露儿尸。主家惊问，对曰：“这是别人医杀了，我带去包活的。”

退热

有小儿患身热，请医服药而死，父请医家咎之。医不信，自往验视，抚儿尸谓其父曰：“你太欺心，不过要我与他退热，今身上幸已冰凉的了，倒反来责备我！”

僵蚕

一医久无生理，忽有求药者至，开箱取药，中多蛀虫。人问：“此是何物？”曰：“僵蚕。”又问：“僵蚕如何是活的？”答曰：“吃了我的药，怕他不活？”

看脉

有医坏人者，罚牵麦十担，牵毕，放归。次日，有叩门者曰："请先生看脉。"医应曰："晓得了。你先去淘净在那里，我就来牵也。"

医女接客

医生、妓女、偷儿三人死见冥王，王问生前技术。医士曰："小人行医，人有疾病，能起死回生。"王怒曰："我每常差鬼卒勾提罪人，你反与我把持抗衡，可发往油锅受罪。"次问妓女，妓曰："接客人没妻室者，与他解渴应急。"王曰："方便孤身，延寿一纪。"再问偷儿，答曰："做贼。人家晾晒衣服，散放银钱，我去替他收拾些。"王曰："与人分劳代力也，加寿十年，发转阳世。"医士急忙哀告曰："大王若如此判断，只求放我还阳。家中尚有一子一女，子叫他去做贼，女就叫他接客便了。"

大方打幼科

大方脉采住小儿科痛打，旁人劝曰："你两个同道中，何苦如此！"大方脉曰："列位有所不知，这厮可恶得紧。我医的大人俱变成孩子与他医，谁想他医的孩子一个也不放大来与我医。"

幼科

富家延二医，一大方，一幼科。客至，问："二位何人？"主人曰："皆名医。"又问："那一科？"主人曰："这是大方，这个便是小儿。"

小犬窠

有人畜一金丝小犬，爱同珍宝，恐其天寒冻坏，内外各用小棉褥铺成一窠，使其好睡。不意此犬一日竟卧于儿篮内，主人见之，大笑曰：“这畜生好作怪，既不走内窠，又不往外窠，倒蹿进小儿窠（三窠字音同科）里去了。”

骂

一医看病，许以无事。病家费去多金，竟不起，因恨甚，遣仆往骂。少顷归，问：“曾骂否？”曰：“不曾。”问：“何以不骂？”仆答曰：“要骂要打的人多得紧在那里，叫我如何挨挤得上？”

赔

一医医死人儿，主家欲举讼，愿以己子赔之。一日，医死人仆，家止一仆，又以赔之。夜间又有叩门者云：“娘娘产里病，烦看。”医私谓其妻曰：“淘气！那家想必又看中意你了。”

吃白药

有终日吃药而不谢医者，医甚憾之。一日，此人问医曰：“猫生病吃甚药？”曰：“吃乌药。”“然则，狗生病吃何药？”曰：“吃白药。”

游水

一医生医坏人，为彼家所缚，夜半逃脱，赴水遁归。见其子方读《脉诀》，遽谓曰："我儿读书尚缓，还是学游水要紧。"

阴阳生

从来人堕水淹死，飘浮水面，覆者是男，仰者是女。一日，有尸从河内侧身氽来者。人见之，皆道："奇怪！若是女，一定仰面，男则覆转。今此人侧起，男女未知孰是。"旁一人曰："此必是个阴阳生耳。"

法家

无赖子怒一富翁，思所以倾其家而不得。闻有茅山道士法力最高，往诉恳之。道士曰："我使天兵阴诛此翁。"答："其子孙仍富，吾不甘也。"曰："然则我纵天火焚其室庐。"答曰："其田地犹存，吾不甘也。"道士曰："汝仇深至此乎？吾有一至宝，赐汝持去，朝夕供奉拜求，彼家自然立耗矣。"其人喜甚，请而观之。封缄甚密，启视，则纸做成笔一枝也。问："此物有何神通？"道士曰："你不知我法家作用耳，这纸笔上，不知破了多少人家矣。"

相相

有善相者，扯一人要相。其人曰："我倒相着你了。"相者笑云："你相我何如？"答曰："我相你决是相不着的。"

不着

街市失火，延烧百余户。有星相二家欲移物以避，旁人止之曰："汝两家包管不着，空费搬移。"星相曰："火已到矣，如何说这太平话？"曰："你们从来是不着的，难道今日反会着起来？"

写真

有写真者，绝无生意。或劝他将自己夫妻画一幅行乐贴出，人见方知。画者乃依计而行。一日，丈人来望，因问："此女是谁？"答云："就是令爱。"又问："他为甚与这面生人同坐？"

胡须像

一画士写真既就，谓主人曰："请执途人而问之，试看肖否？"主人从之，初见一人问曰："那一处最像？"其人曰："方巾最像。"次见一人，又问曰："那一处最像？"其人曰："衣服最像。"及见第三人，画士嘱之曰："方巾、衣服都有人说过，不劳再讲，只问形体何如？"其人踌躇半晌，曰："胡须最像。"

讳输棋

有自负棋高，与人角，连负三局。次日，人问之曰："昨日较棋几局？"答曰："三局。"又问："胜负何如？"曰："第一局我不曾赢，第二局他不曾输，第三局我本等要和，他不肯罢了。"

好棋

一人以好棋破产，因而为小偷，被人缚住。有相识者，见而问之，答云："彼请我下棋，嗔我棋好，遂相困耳。"

客曰："岂有此理！"其人答曰："从来棋高一着，缚手缚脚。"

银匠偷

一人生子，虑其难养，请一星相家算命。星士曰："关煞倒也没得，大来运限俱好，只是四柱中犯点贼星，不成正局。"那人曰："不妨，只要养得大，就叫他学做银匠。"星士曰："为何？"答曰："做了银匠，那日不偷几分养家活口。"

有进益

一翁有三婿，长裁缝，次银匠，惟第三者不学手艺，终日闲游。翁责之曰："做裁缝的，要落几尺就是几尺。做银匠的，要落几钱就是几钱。独汝游手好闲，有何结局？"三婿曰："不妨。待我打一把铁撬，撬开人家库门，要取论千论百，也是易事，稀罕他几尺几钱！"翁曰："这等说，竟是贼了。"婿曰："他们两个，整日落人家东西，难道不是贼？"

裁缝

时年大旱，太守命法官祈雨。雨不至，太守怒欲治之，法官禀云："小道本事平常，不如某裁缝最好。"太守曰："何以见得？"答曰："他要落几尺就是几尺。"

不下剪

缝匠裁衣，反覆量，久不肯下剪。徒弟问其故，答曰：

“有了他的，便没有了我的。有了我的，又没有了他的。”

要尺

一裁缝上厕坑，以尺挥墙上，便完忘记而去。随有一满洲人登厕，偶见尺，将腰刀挂在上面。少顷，裁缝转来取尺，见有满人，畏而不前，观望良久。满人曰：“蛮子，你要甚么？”答曰：“小的要尺。”满人曰：“咱囚攮的，屙也没有屙完，你就要吃（尺）！”

木匠

一匠人装门闩，误装门外，主人骂为“瞎贼”。匠答曰：“你便瞎贼！”主怒曰，“我如何倒瞎？”匠曰：“你若有眼，便不来请我这样匠人。”

待诏

一待诏初学剃头，每刀伤一处，则以一指掩之。已而伤多，不胜其掩，乃曰：“原来剃头甚难，须得千手观音来才好。”

蓖头

蓖头者被贼偷窃。次日，至主顾家做生活，主人见其戚容，问其故。答曰：“一生辛苦所积，昨夜被盗，仔细想来，只当替贼蓖了一世头耳。”主人怒而逐之。他日另换一人，问曰：“某人原是府上主顾，如何不用？”主人为述前言，其人曰：“这样不会讲话的，只好出来弄卵。”

头嫩

一待诏替人剃头，才举手，便所伤甚多。乃停刀辞主人曰："此头尚嫩，下不得刀。且过几时，姑俟其老老再剃罢。"

取耳

一待诏为人看耳，其人痛极，问曰："左耳还取否？"曰："右完，次及左矣。"其人曰："我只道就是这样取过去了。"

同行

有善刻图书者，偶于市中唤人修脚。脚已脱矣，修者正欲举刀，见彼袖中取出一袱，内裹图书刀数把。修者不知，以为剔脚刀也，遂绝然而去。追问其故，则曰："同行中朋友，也来戏弄我。"

偷肉

厨子往一富家治酒，窃肉一大块，藏于帽内。适为主人窥见，有意作要他拜揖，好使帽内肉跌下地来。乃曰："厨司务，劳动你，我作揖奉谢。"厨子亦知主人已觉，恐跌出不好看相，急跪下曰："相公若拜揖，小人竟下跪。"

卖淡酒

一家做酒，颇卖不出，以为家有耗神。请一先生烧楮退送，口念曰："先除鹭鸶，后去青鸾。"主人曰："此二鸟你退送他怎的？”先生曰：“你不知，都吃亏这两只禽鸟会下水，遣退了他，包你就卖得去！”

三名斩

朝廷新开一例，凡物有两名者充军，三名者斩。茄子自觉双名，躲在水中。水问曰：“你来为何？”茄曰：“避朝廷新例。因说我有两名，一名茄子，一名落苏。”水曰：“若是这等，我该斩了：一名水，二名汤，又有那天灾人祸的放了几粒米，把我来当酒卖。”

酒娘

人问：“何为叫做酒娘？”答曰：“糯米加酒药成浆便是。”又问：“既有酒娘，为甚没有酒爷？”答曰：“放水下去，就是酒爷。”其人曰：“若如此说，你家的酒，是爷多娘少的了。”

走作

一店中酿方熟，适有带巾者过，揖入使尝之。尝毕曰：“竟有些像我。”店主知其秀才也，谢去之。少焉，一女子过，又使尝之，女子亦曰：“像我。”店主曰：“方才秀才官人说‘像我’，是酸意了，你也说‘像我’，此是为何？”女子曰：“无他，只是有些走作。”

着醋

有卖酸酒者，客上店，谓主人曰：“肴只腐菜足矣，酒须要好的。”少顷，店主问曰：“菜中可要着醋？”客曰：“醋滴菜心甚好。”又问曰：“腐内可要放些醋？”客曰：

"醋烹豆腐也好。"再问曰："酒内可要着醋否？"客讶曰："酒中如何着得醋？"店主攒眉曰："怎么处？已着下去了。"

酸酒

一酒家招牌上写："酒每斤八厘，醋每斤一分。"两人入店沽酒，而酒甚酸。一人咂舌攒眉曰："如何有此酸酒，莫不把醋错拿了来？"友人忙捏其腿曰："呆子，快莫做声，你看牌面上写着醋比酒更贵着哩！"

炙坛

有以酸酒饮客者，个个攒眉，委吞不下。一人嘲之曰："此酒我有易他良法，使他不酸。"主人曰："请教。"客曰："只将酒坛覆转向天，底上用艾火连炙七次，明日拿起，自然不酸。"主曰："岂不倾去漏干了？"客曰："这等酸酒，不倾去要他做甚！"

卷四　形体部

愁穷

有胡子愁穷，一友谑之曰："据兄家事，不下二千金，何以过愁若此？"胡者曰："二千金何在？"友曰："兄面上现有六七百了，难道令正处，便没有须私房？"

胡瘌杀

或看审囚回，人问之，答曰："今年重囚五人，俱有色认：一痴子，一颠子，一瞎子，一胡子，一瘌痢。"问如何审了，答曰："只胡子与瘌痢吃亏，其余免死。"又问何故，曰："只听见问官说：痴弗杀，颠弗杀，一眼弗杀，胡子塔瘌杀。"

抛锚

道士、和尚、胡子三人过江，忽遇狂风大作，舟将颠覆。僧、道慌甚，急把经卷掠入江中，求神救护。而胡子无可掷得，惟将胡须逐根拔下，投于江内。僧、道问曰："你拔胡须何用？"其人曰："我在此抛毛（锚）。"

通谱

有一人须长过腹，人见之，无不赞为美髯。偶一日，遇见风监先生，请他一相。相者曰："可惜尊髯短了些。"其人曰："我之须已过腹，人尽赞羡，为何反嫌其短？"相者曰："若再长得寸许，便好与下边通谱了。"

一般胡

两人聚论《论语》一书，皆讲胡子。开章就说："不亦悦乎？""不亦乐乎？""不亦君子乎？"这三个都是好胡；"为人谋而不忠乎？与朋友交而不信乎？传不习乎？"这三个是不好胡；"君子者乎？色壮者乎？"这两个胡一好一不好。或问："使乎，使乎。"答曰："上面的胡与下面的胡，总是一般。"

稀胡子

一稀胡子要相面，相士云："尊相虽不大富，亦不至贫。"胡者云："何以见得？"相士云："看公之须，比上不足，比下有余。"

胡答嘲

颜回、子路、伯鱼三人私议曰："夫子惟胡，故开口不脱'乎'字。"颜子曰："他对我说：'回也，其庶乎。'"子路曰："他对我说：'由也，诲汝知之乎？"伯鱼曰："我家尊对我也说：'汝为《周南》《召南》矣乎？'"孔子在屏后闻之，出责伯鱼曰："回是个短命，由是个不得其死的，说我胡也罢了。你是我的儿子，如何也来说我老子？"

光屁股

有上司面胡者，与光脸属吏同饭。上台须间偶带米糁，门子跪下禀曰："老爷龙须上一颗明珠。"官乃拂去。属吏回衙，责备门子："你看上台门子何等伶俐！汝辈愚蠢，不堪重用。"一日，两官又聚会吃面，属吏方箸动口，有未缩进之面挂在唇角。门子急跪下曰："小的禀事。"问禀何事，答曰："爷好张光净屁股，多了一条蛔虫挂在外面。"

亲爷

有妻甫受孕而夫出外经商者，一去十载，子已年长，不曾识面。及父归家，突入妻房，其子骤见，乃大喊曰："一个面生胡子，大胆闯入母亲房里来了！"其母曰："我儿勿做声，这胡子正是你的亲爷。"

无须狗

一税官瞽（gǔ）目者，恐人骗他，凡货船过关，必要逐一摸验，方得放心。一日，有贩羊者至，规例羊有税，狗无税，尽将羊角锯去，充狗过关。官用手摸着项下胡须，乃大怒曰："这些奴才，都来骗我。明明是一船羊，狗是何曾出须的！"

没须屁股

一公领孙溪中洗澡，孙拿得一虾，或前跳，或却走。孙问公曰："前提后退，后赶前行，不知何处是头，何处是尾？"公答曰："有须的是头，没须的是屁股。"

拔须去黑

一翁须白，令姬妾拔之。妾见白者甚多，拔之将不胜其拔，乃将黑者尽去。拔讫，翁引镜自照，遂大骇，因咎其妾。妾曰："难道少的不拔，倒去拔多的？"

黄须

一人须黄，每于妻前自夸："黄须无弱汉，一生不受人欺。"一日出外，被殴而归，妻引前言笑之。答曰："那晓得那人的须，竟是通红的。"

老面皮

或问："世间何物最硬？"曰："石头与钢铁。"其人曰："石可碎，铁可錾，安得为硬？以弟看来，惟兄面上髭须最硬，铁石总不如也。"问其故，答曰："看老兄这副厚脸皮，竟被他钻了出来。"那有须者回嘲曰："足下面皮更老，这等硬须还钻不透！"

搁浅

矮人乘舟出游，因搁浅，自起撑之，失手坠水，水没过项。矮人起而怒曰："偏我搁浅搁在深处。"

瞽笑

一瞽者与众人同坐，众人有所见而笑，瞽者亦笑。众问之曰："汝何所见而笑？"瞽者曰："列位所笑，定然不差，难道是骗我的？"

被打

二瞽者同行，曰："世上惟瞽者最好。有眼人终日奔忙，农家更甚，怎如得我们心上清闲。”众农夫窃听之，乃伪为官过，谓其失于回避，以锄把各打一顿而呵之去。随复窃听之，一瞽者曰：“毕竟是瞽者好，若是有眼人，打了还要问罪哩！”

吃螺蛳（sī）

有盲子暑月食螺蛳，失手堕一螺肉在地。低头寻摸，误捡鸡屎放在口里，向人曰：“好热天气，东西才落下地，怎就这等臭得快！”

兄弟认匾

兄弟三人皆近视，同拜一客。堂上悬“遗清堂”一匾，伯曰：“主人原来患此病，不然，何以取‘遗精室’也。”仲细看良久，曰：“非也。想主人好道，故名‘道情堂’耳。”二人争论不已，以季弟目力更好，使辨之。乃张目眈视半晌，曰：“汝两人皆妄，上面安得有匾？”

金漆盒

一近视出门，见街头牛屎一大堆，认为路人遗下的盒子。随用双手去捧，见其烂湿，乃叹曰：“好个盒子，只可惜漆水未干。”

问路

一近视迷路，见道傍石上栖歇一鸦，疑是人也，遂再三诘之。少顷，鸦飞去，其人曰：“我问你不答应，你的帽子被风吹去了，我也不对你说！”

乌云接日

近视者赴宴，对席一胡子吃火朱柿，即起别主人曰："路远告辞。"主曰："天色甚早。"答云："恐天下雨，那边乌云接日头哩。"

鼻影作枣

近视者拜客，主人留坐待茶。茶果吃完，视茶内鼻影，以为橄榄也，捞摸不已。久之忿极，辄用指撮起，尽力一咬，指破血出。近视乃仔细认之，曰："啐！我只道是橄榄，却原来是一个红枣。"

虾酱

一乡人挑粪经过，近视唤曰："拿虾酱来。"乡人不知，急挑而走。近视赶上，将手握粪一把于鼻上闻之，乃骂道："臭已臭了，什么奇货？还要这等行情！"

疑蛋

一近视见朋鱼，疑为鸭蛋，握之而腹瘪。讶曰："如何小鸭出得恁快，蛋壳竟瘪下去了。"

拾蚂蚁

近视者行路，见蚂蚁摆阵，疏密成行，疑是一物，因掬而取之。撮之不起，乃叹息曰："可惜一条好线，毁烂得蹩蹩断了。"

捡银包

有近视新岁出门，拾一爆竹，错认他人遗失银包也，且喜新年发财，遂密藏袖内。至夜，乃就灯启视，药线误被火燃，立时作响。方在吃惊，傍一聋子抚其背曰："可惜一个花棒槌，无缘无故，如何就是这样散了。"

漂白眼

一漂白眼与赤鼻头相遇，谓赤鼻者曰："足下想开染坊，大费本钱，鼻头都染得通红。"赤鼻答曰："不敢也，只浅色而已。怎如得尊目，漂白得有趣。"

聋耳

一医者耳聋，至一家看病女人。病女问："羊心吃得否？"医者曰："面筋发病，是吃不得的。"病女曰："是莲肉。"医者曰："就是盐肉，也要少吃些。"病女曰："先生耳朵是聋的。"医曰："若是里股是红的，只怕要生横痃，倒要脱开来，待我看看好用药。"

呵欠

一耳聋人探友，犬见之吠声不绝，其人茫然不觉。入见主人，揖毕告曰："府上尊犬，想是昨夜不曾睡来。"主问："何以见得？"答曰："见了小弟，只是打呵欠。"

火症

一聋子望客，雨中见狗吠不止，乃叹曰："此犬犯了火症，枯渴得紧，只管开口接水吃哩。”

讳聋哑

聋哑二人，各欲自讳。一日，聋见哑者，恳其唱曲。哑者知其聋也，乃以嘴唇开合，而手拍板作按节状。聋者侧听良久，见其唇住，即大赞曰：“妙绝，妙绝！许久不听佳音，今番一发更进了。”

屁股麻

俗云：脚麻，以草柴贴眉心即止。一人遍贴额上。人问为何？答曰：“我屁股通麻了。”

麻卵袋

文宗岁试唱名，吏善读别字。第一名郁进徒，错唤曰“都退後”。诸生闻之，皆山崩往后而退。次名潘傅采，又错唤“番转来”。诸生又跑上前。宗师大怒，逐之。第三名林卯伐，上前谢曰：“多谢大宗师，若不斥逐此人，则生员必唤做麻卵袋了。”

赤鼻

一官经过，有赤鼻者在傍，皂隶讶曰：“老爷专要拿吃酒的，还不快走！”其人无处躲闪，只得将鼻子塞进人家板缝中。官已过，里面人看见骂曰：“这人不达时务，外面多少毛厕，如何倒向人家屋里来撒尿？”

鼻耐性

人患口臭，一友问曰："别人也罢，亏你自家鼻头，如何过了？"旁人代答曰："做了他的鼻头，随你臭极，他只索耐性跟他。"

蒜治口臭

一口臭者问人曰："治口臭有良方乎？"答曰："吃大蒜极好。"问者讶其臭，曰："大蒜虽臭，还臭得正路。"

残疾婿

一家有三婿，俱带残疾。长是瘌痢，次淌鼻脓，又次患疯癫。翁一日请客，三婿在坐，恐其各露本相，观瞻不雅，嘱咐俱要收敛。三人唯唯。至中席，各人忍耐不住，长婿曰："适从山上来，撞见一鹿，生得甚怪。"众问何状，瘌痢头疮痒甚，用拳满首击曰："这边一个角，那边一个角，满头生了无数角。"其次鼻涕长流，正无计揩抹，随应声曰："若我见了，拽起弓来，崩的一箭，"急将右手作挽弓状，鼻间一拂，涕尽拭去，三癞子浑身发痒难禁，忙将身背牵耸曰："你倒胆大，还要射他！把我见了，几乎吓杀，几乎吓杀。"

鸽口

有涩舌者，俗云鸽口是也。来到市中买桐油，向店主曰："我要买桐桐桐……"，"油"字再说不出口。店主取笑曰："你这人倒会打铜鼓的，何不再敲通铜锣与我听？"

鸽者怒曰："你不要当当当面来腾腾腾倒刮刮刮削我。"

过桥嚏

一乡人自城中归，谓其妻曰："我在城里打了无数喷嚏。"妻曰："皆我在家想你之故。"他日挑粪过危桥，复连打数嚏，几乎失足。乃骂曰："骚花娘，就是思量我，也须看甚么所在！"

争座

眼与眉毛曰："我有许多用处，你一无所能，反坐在我的上位。"眉曰："我原没用，只是没我在上，看你还像个人哩！"

直背

一瞎子、一矮子、一疕（tuó）子，吃酒争座，各曰："说得大话的便坐头一位。"瞎子曰："我目中无人，该我坐。"矮子曰："我不比常（长）人，该我坐。"疕子曰："不要争，算来你们都是直背（侄辈），自然该让我坐。"

驼叔

有驼子赴席，泰然上座。众客既齐，自觉不安，复趋下谦逊。众客曰："驼叔请上座，直背（侄辈）怎敢！"

认屁

一女善屁，新婚随嫁一妪一婢，嘱以认屁遮羞。临拜堂，忽撒一屁，顾妪曰："这个老妈无体面！"少顷，又撒一屁，顾婢曰："这个丫头恁可恶！"随后又二屁，左右顾而妪婢俱不在，无可说得，乃曰："这张屁股没正经。"

屁婢

一婢偶于主人前撒了一屁，主怒，欲挞之。见其臀甚白，不觉动火，非但免责，且与之狎。明日，主在书房，忽闻叩门声，启户视之，乃昨婢也。问来为何，答曰："我适才又撒一屁矣！"

鏨头

数人同舟，有撒屁者，众疑一童子，共鏨其头。童子哭曰："阿弥陀佛，别人打我也罢了，亏那撒屁的乌龟，担得这只手起，也来打我！"

路上屁

昔有三人行令，要上山见一古人，下山又见一古人，半路见一物件，后句要总结前后二句。一人曰："上山遇见狄青，下山遇见李白，路上拾得一瓶酒，不知是青酒、是白酒？"一人曰："上山遇见樊哙，下山遇见赵盾，路上拾得一把剑，不知是快剑、是钝剑？"一人云："上山遇见林放，下山遇见贾岛，路上拾得一个屁，不知是放的屁、岛的屁？"

贼屁

穿窬（yú）躲在人家床底，忽撒一屁甚响。夫骂妻，妻云："你撒了屁，倒来冤屈我！"争闹不已。贼无奈，只得出来招认曰："这屁其实是贼放的。"

吃屁

酒席间有人撒屁者，众人互相推卸。内一人曰："列位请各饮一杯，待小弟说了罢。"众饮讫，其人曰："此屁实系小弟撒的。"众人不服曰："为何你撒了屁，倒要我们众人吃？"

桌面响

一人方陪客，偶撒一屁，自觉愧甚，欲掩饰之，乃假将指头擦桌面作响声。客曰："还是第一声像得紧。"

田鸡叫

甲乙两亲家姆会亲，乙偶撒一屁，甲问曰："亲家姆，甚响？"乙恐不雅，答曰："田鸡叫。"甲曰："为甚能臭？"乙曰："死的呀。"又问："适才会叫，如何是死的？"乙曰："叫了就死的。"

怕冷

或问："世间何物不怕冷？"曰："鼻涕，天寒即出。"又问："何物最怕冷？"曰："屁，才离窟臀，又向鼻孔里钻进。"

大乳

一妇人两乳极大，每用抹胸束之。一日，忘紧抹胸，偶出见人。人怪而问曰：“令郎是几时生的？”妇曰：“还不曾产育。”人问曰：“既不是令郎，你胸前袋的是甚么？”

抓背

老翁续娶一妪，其子夜往窥听，但闻连呼“快活”，频叫“爽利”。子大喜曰：“吾父高年，尚有如此精力，此寿征也。”再细察之，乃是命妪抓背。

卷五　殊禀部

恍惚

三人同卧，一人觉腿痒甚，睡梦恍惚，竟将第二人腿上竭力抓爬，痒终不减，抓之愈甚，遂至出血。第二人手摸湿处，认为第三人遗溺也，促之起。第三人起溺，而隔壁乃酒家，榷酒声滴沥不止，以为己溺未完，竟站至天明。

作揖

两亲家相遇于途，一性急，一性缓。性缓者，长揖至地，口中谢曰："新年拜节奉扰，元宵观灯又奉扰，端午看龙舟，中秋玩月，重阳赏菊，节节奉扰，未曾报答，愧不可言。"及说毕而起，已半晌矣。性急者苦其太烦，早先避去。性缓者视之不见，问人曰："敝亲家是几时去的？"人曰："看灯之后，就不见了，已去大半年矣！"

爇（ruò）衣

一最性急，一最性缓，冬日围炉聚饮。性急者衣坠炉中，为火所燃，性缓者见之从容谓曰："适有一事，见之已久，欲言恐君性急，不言又恐不利于君，然则言之是耶，不言是耶？"性急者问以何事，曰："火烧君裳。"其人遽曳衣而起，怒曰："既然如此，何不早说！"性缓者曰："外人道君性急，不料果然。"

卖弄

一亲家新置一床，穷工极丽，自思："如此好床，不使亲家一见，枉自埋没。"乃假装有病，偃卧床中，好使亲家来望。那边亲家做得新裤一条，亦欲卖弄，闻病欣然往探。既至，以一足架起，故将衣服撩开，使裤现出在外，方问曰："亲翁所染何症，而清减至此？"病者曰："小弟的贱恙，却像与亲翁的心病一般。"

出像

乡下亲家到城里亲家书房中，将文章揭看，摇首不已。亲家说："亲翁无有得意的么？"答云："正是。看了半日，并没有一张佛像在上面。"

刚执

有父子性刚，平素不肯让人。一日，父留客饭，命子入城买肉。子买讫，将出城门，值一人对面而来，各不相让，遂挺立良久。父寻至见之，谓子曰："汝快持肉回去，待我与他对立看。"

应急

主人性急，仆有过犯，连呼："家法！"不至，跑躁愈甚。家人曰："相公莫恼，请先打两个巴掌，应一应急着。"

掇桶

一人留友夜饮，其人蹙额坚辞。友究其故，曰："实不相瞒，贱荆性情最悍，尚有杩子桶未倒，若归迟，则受累不浅矣。”其人攘臂而言曰：“大丈夫岂有此理！把我便——”其妻忽出，大喝曰：“把你便怎么？”其人即双膝跪下曰：“把我便掇了就走！”

正夫纲

众怕婆者，各受其妻惨毒，纠合十人歃血盟誓，互为声援。正在酬神饮酒，不想众妇闻知，一齐打至盟所。九人飞跑惊窜，惟一人危坐不动。众皆私相佩服曰：“何物乃尔，该让他做大哥。”少顷妇散，察之，已惊死矣。

请下操

一武弁惧内，面带伤痕。同僚谓曰：“以登坛发令之人，受制于一女子，何以为颜？”弁曰：“积弱所致，一时整顿不起。”同僚曰：“刀剑士卒，皆可以助兄威。候其咆哮时，先令军士披挂，枪戟林立，站于两傍，然后与之相拒。彼慑于军威，敢不降服！”弁从之。及队伍既设，弓矢既张，其妻见之，大喝一声曰：“汝装此模样，将欲何为？”弁闻之，不觉胆落，急下跪曰：“并无他意，请奶奶赴教场下操。”

虎势

有被妻殴，往诉其友，其友教之曰：“兄平昔懦弱惯了，须放些虎势出来。”友妻从屏后闻之，喝曰：“做虎势便怎么？”友惊跪曰：“我若做虎势，你就是李存孝。”

访类

有惧内者，欲访其类，拜十弟兄。城中已得九人，尚缺一个，因出城访之。见一人掇马桶出，众齐声曰："此必是我辈也。"相见道相访之意，其人摇手曰："我在城外做第一个倒不好，反来你城中做第十个。"

吐绿痰

两惧内者，皆以积忧成疾，一吐红痰，一吐绿痰。因赴医家疗治，医者曰："红痰从肺出，犹可医，绿痰从胆出，不可医，归治后事可也。"其人问由胆出之故，对曰："惊碎了胆，故吐绿痰，胆既破了，如何医得！"

理旧恨

一怕婆者，婆既死，见婆像悬于柩侧，因理旧恨，以拳拟之。忽风吹轴动，忙缩手大惊曰："我是取笑作耍。"

吃梦中醋

一惧内者，忽于梦中失笑。妻摇醒曰："汝梦见何事，而得意若此？"夫不能瞒，乃曰："梦娶一妾。"妻大怒，罚跪床下，起寻家法杖之。夫曰："梦幻虚情，如何认作实事？"妻曰："别样梦许你做，这样梦却不许你做的。"夫曰："以后不做就是了。"妻曰："你在梦里做，我如何得知？"夫曰："既然如此，待我夜夜醒到天明，再不敢睡就是了。"

葡萄架倒

有一吏惧内，一日被妻挞碎面皮。明日上堂，太守见而问之，吏权词以对曰："晚上乘凉，被葡萄架倒下，故此刮破了。"太守不信，曰："这一定是你妻子挞碎的，快差皂隶拿来。"不意奶奶在后堂潜听，大怒抢出堂外。太守慌谓吏曰："你且暂退，我内衙葡萄架也要倒了。"

痴婿

人家有两婿，小者痴呆，不识一字。妻曰："娣夫读书，我爹爹敬他，你目不识丁，我面上甚不争气。来日我兄弟完姻，诸亲聚会，识认几字，也好在人前卖嘴。我家土库前，写'此处不许撒尿'六字，你可牢记，人或问起，亦可对答，便不敢欺你了。"呆子唯诺。至日，行至墙边，即指曰："此处不许撒尿。"岳丈喜曰："贤婿识字大好。"良久，舅姆出来相见，裙上有销金飞带，绣"长命富贵，金玉满堂"八字，坠于裙之中间。呆子一见，忙指向众人曰："此处不许撒尿。"

呆子

一呆子性极痴，有日同妻至岳家拜门，设席待之。席上有生柿水果，呆子取来，连皮就吃。其妻在内窥见，只叫得"苦呀！"呆子听得，忙答曰："苦到不苦，惹得满口涩得紧着哩！"

父各爨

有父子同赴席，父上坐，而子迎就对席者。同席疑之，问："上席是令尊否？"曰："虽是家父，然各爨久矣。"

烧令尊

一人远出，嘱其子曰："有人问你令尊，可对以家父有事出外，请进拜茶。"又以甚呆，恐忘也，书纸付之。子置袖中，时时取看。至第三日，无人来问，以纸无用，付之灯火。第四日忽有客至，问："令尊呢？"觅袖中纸不得，因对曰："没了。"客惊曰："几时没的？"答曰："昨夜已烧过了。"

子守店

有呆子者，父出门，令其守店。忽有买货者至，问："尊翁有么？"答曰："无。"又问："尊堂有么？"亦曰："无。"父归知之，责其子曰："尊翁我也，尊堂汝母也，何得言无！"子懊怒曰："谁知你夫妇两人，都是要卖的！"

活脱话

父戒子曰："凡人说话，放活脱些，不可一句说煞。"子问："如何活脱？"时适有邻家来借物件，父指而教之曰："比如这家来借东西，看人打发，不可竟说多有，不可竟说多无，也有家里有的，也有家里无的，这便活脱了。"子记之。他日，有客到门问："令尊在家否？"答曰："我也不好说多，也不好说少，其实也有在家的，也有不在家的。”

母猪肉

有卖猪母肉者，嘱其子讳之。已而买肉者至，子即谓曰：“我家并非猪母肉。”其人觉之，不买而去。父曰：“我已吩咐过，如何反先说起！”怒而挞之。少顷，又一买者至，问曰：“此肉皮厚，莫非母猪肉乎？”子曰：“何如！难道这句话，也是我先说起的？”

望孙出气

一不肖子常殴其父，父抱孙不离手，爱惜愈甚。人问之曰：“令郎不孝，你却钟爱令孙，何也？”答曰：“不为别的，要抱他大来，好替我出气。”

买酱醋

祖付孙钱二文，买酱油、醋。孙去而复回，问曰：“那个钱买酱油？那个钱买醋？”祖曰：“一个钱酱油，一个钱醋，随分买，何消问得？”去移时，又复转问曰：“那个碗盛酱油？那个碗盛醋？”祖怒其痴呆，责之。适子进门，问以何故，祖告之。子遂自去其帽，揪发乱打，父曰：“你敢是疯了？”子曰：“我不疯，你打得我的儿子，我难道打不得你的儿子？”

悟到

一富家儿不爱读书，父禁之书馆。一日，父潜伺窥其动静，见其子开卷吟哦，忽大声曰：“我知之矣。”父意其有

所得，乃喜而问曰：“我儿理会了么？”子曰：“书不可不看。我一向只道书是写成的，原来是刊板印就的。”

藏锄

夫在田中耦耕，妻唤吃饭，夫乃高声应曰：“待我藏好锄头，便来也！”乃归，妻戒夫曰：“藏锄宜密。你既高声，岂不被人偷去？”因促之往看，锄果失矣。因急归，低声附其妻耳云：“锄已被人偷去了。”

较岁

一人新育女，有以两岁儿来议亲者，其人怒曰：“何得欺我！吾女一岁，他子两岁，若吾女十岁，渠儿二十岁矣，安得许此老婿！”妻谓夫曰：“汝算差矣！吾女今年虽一岁，等到明年此时，便与彼儿同庚，如何不许？”

认鞋

一妇夜与邻人有私，夫适归，邻人逾窗而出。夫攫得一鞋，骂妻不已。因枕鞋而卧，谓妻曰：“且待大明，认出此鞋，与汝算帐！”妻乘其睡熟，以夫鞋易去之。夫晨起复骂，妻使认鞋。见是自己的，乃大悔曰：“我错怪你了，原来昨夜跳窗的倒是我。”

记酒

有觞客者，其妻每出酒一壶，即将锅煤画于脸上记数。主人索酒不已，童子曰：“少吃几壶吧，家主婆脸上，看看有些不好看了。”

盗牛

有盗牛被枷者，亲友问曰："汝犯何罪至此。"盗牛者曰："偶在街上走过，见地下有条草绳，以为没用，误拾而归，故连此祸。"遇者曰："误拾草绳，有何罪犯？"盗牛者曰："因绳上还有一物。"人问："何物？"对曰："是一只小小耕牛。"

粜米

有持银入市粜米，失衣袋于途，归谓妻曰："今日市中闹甚，没得好衣袋也。"妻曰："你的莫非也没了？"答曰："随你好汉便怎么？"妻惊问："银子何在？"答曰："这倒没事，我紧紧拴好在衣袋角上。"

呆算

一家费纯用纹银，或劝以倾销八九成杂用，当有便宜。其人取元宝一锭，托熔八成。或素知其呆也，止倾四十两付之，而利其余。其人问："元宝五十两，为何反倾四十？"答曰，"五八得四十。"其人遂曰："吾为公误矣，用此等银反无便益。"

代打

有应受官责者，以银三钱，雇邻人代往。其人得银，欣然愿替。既见官，官喝打三十。方受数杖，痛极，因私出所得银，尽贿行杖者，得稍从轻。其人出谢前人曰："蒙公赐银救我性命，不然，几乎打杀。"

七月儿

有怀孕七个月即产一儿者。其夫恐养不大，遇人即问。一日，与友谈及此事，友曰："这个倒无妨，我家祖亦是七个月出世的。"其人错愕问曰："若是这等说，令祖后来毕竟养得大否？"

靠父膳

一人廿岁生子，其子专靠父膳，不能自立。一日算命云："父寿八十，儿寿六十二。"其子大哭曰："这两年叫我如何过得去！"

觅凳脚

乡间坐凳，多以现成树丫叉为脚者。一脚偶坏，主人命仆往山中觅取。仆持斧出，竟日空回，主人责之，答曰："丫叉尽有，都是朝上生，没有向下生的。"

访麦价

一人命仆往枫桥打听麦价，仆至桥，闻有呼"吃扯面"者，以为不要钱的，连吃三碗径走。卖面者索钱不得，批其颊九下。急归谓主人曰："麦价打听不出，面价吾已晓矣。"主问："如何？"答曰："扯面每碗要三个耳光。"

卧睡

一人睡在床上，仰面背痛，覆卧肚痛，侧困腰痛，坐起臂痛，百医无效。或劝其翻床。及翻动，见褥底铁秤锤一个垫在下面。

懒活

有人极懒者，卧而懒起，家人唤之吃饭，复懒应。良久，度其必饥，乃哀恳之。徐曰：“懒吃得。”家人曰：“不吃便死，如何使得？”复摇首漫应曰：“我亦懒活矣。”

白鼻猫

一人素性最懒，终日偃卧不起。每日三餐，亦懒于动口，恹恹绝粒，竟至饿毙。冥王以其生前性懒，罚去轮回变猫。懒者曰：“身上毛片，愿求大王赏一全体黑身，单单留一白鼻，感恩实多。”王问何故，答曰：“我做猫躲在黑地里，鼠见我白鼻，认作是块米糕，贪想偷吃，潜到嘴边，一口咬住，岂不省了无数气力。”

露水桌

一人偶见露水桌子，因以指戏写“谋篡”字样，被一仇家见之，夺桌就走，往府首告。及官坐堂，露水已为日色曝干，字迹灭去。官问何事，其人无可说得，慌禀曰：“小人有桌子一堂，特把这张来看样，不知老爷要买否？”

咸蛋

甲乙两乡人入城，偶吃腌蛋，甲骇曰：“同一蛋也，此味独何以咸？”乙曰：“我知之矣，决定是腌鸭哺的。”

看戏

有演《琵琶记》而找《关公斩貂蝉》者，乡人见之泣曰：“好个孝顺媳妇，辛苦了一生，竟被那红脸蛮子害了。”

演戏

有演《琵琶记》者，找戏是《荆钗逼嫁》。忽有人叹曰：“戏不可不看，极是长学问的，今日方知蔡伯喈的母亲就是王十朋的丈母。”

祛盗

一痴人闻盗入门，急写“各有内外”四字，贴于堂上。闻盗已登堂，又写“此路不通”四字，贴于内室。闻盗复至，乃逃入厕中。盗踪迹及之，乃掩厕门咳嗽曰：“有人在此！”

后跌

一人偶扑地，方爬起，复跌。乃曰：“啐，早知还有这一跌，便不走起来也罢了。”

缓踱

一人善踱，行步甚迟，日将晡矣。巡夜者于城外见之，问以何往，曰：“欲至府前。”巡夜者即指犯夜，擒捉送官。其人辩曰：“天色甚早，何为犯夜？”曰：“你如此踱法，踱至府前，极早也是二更了。”

出簪头

有酷好乘马者，被人所欺，以五十金买驽马一匹，不堪鞭策，乃雇舟载马，而跨其身上。既行里许，嫌其迟慢，谓舟人曰："我买酒请你，与我快些摇，我要出簪头哩！"

铺兵

铺司递紧急公文，官恐其迟，拨一马骑之。其人赶马而行，人问其："如此急事，何不乘马？"答曰："六只脚走，岂不快如四只。"

鹅变鸭

有卖鹅者，因出恭，置鹅在地。登厕后，一人以鸭换去。其人解毕出视，叹曰："奇哉！才一时不见，如何便饿得恁般黑瘦了？"

帽当扇

有暑月带毡帽而出者，歇大树下乘凉，即脱帽以当扇。扇讫，谓人曰："今日若不带此帽出来，几乎热杀。"

买海螺

一人见卖海螺者，唤住要买，问："几多钱一斤？"卖者笑曰："从来海螺是量的。"其人喝曰："这难道不晓得！问你几多钱一尺？"

浼匠迁居

一人极好静，而所居介于铜、铁两匠之间，朝夕聒耳，甚苦之，常曰："此两家若有迁居之日，我宁可作东款谢。"一日，二匠并至曰："我等欲迁矣，足下素许东道，特来叩领。"其人大喜，遂盛款之。席间问之曰："汝两家迁往何处？"答曰："他搬在我屋里，我即搬在他屋里。"

混堂嗽口

有人在混堂洗浴，掬水入口而嗽之。众各攒眉相向，恶其不洁。此人贮水于手曰："诸公不要愁，待我嗽完之后，吐出外面去。"

信阴阳

有平素酷信阴阳，一日被墙压倒。家人欲亟救，其人伸出头来曰："且慢，待我忍着，你去问问阴阳，今日可动得土否？"

合着靴

有兄弟共买一靴，兄日着以拜客赴宴。弟不甘服，亦每夜穿之，环行室中，直至达旦。俄而靴敝，兄再议合买，弟曰："我要睡矣。"

发换糖

一呆子见有以发换糖者，谬谓凡物皆可换也。晨起，袖中藏发一料以往，遇酒肆即入饱餐。餐毕，以发与之。肆佣皆笑，其人怒曰："他人俱当钱用，到我偏用不得耶！"争辨良久，肆佣因掐发乱打。其人徐理发曰："整料的与他偏不要，反在我头上来乱抢。"

卷六　闺风部

拜堂产儿

有新妇拜堂，即产下一儿，婆愧甚，急取藏之。新妇曰："早知婆婆这等爱惜，快叫人把家中阿大、阿二都领了来罢。"

抢婚

有婚家女富男贫，男家虑其新婚，率领众人抢亲，误背小姨以出。女家人急呼曰："抢差了！"小姨在背上曰："不差，不差！快走上些，莫信他哄你哩。"

两坦

有一女择配，适两家并求，东家郎丑而富，西家郎美而贫。父母问其欲适谁家。女曰："两坦。"问其故，答曰："我爱在东家吃饭，西家去眠。"

谢周公

一女初嫁，哭问嫂曰："此礼何人所制？"嫂曰："周公。"女将周公大骂不已。及满月归宁，问嫂曰："周公何在？"嫂云："他是古人，寻他做甚？"女曰："我要制双鞋谢他。"

亲嘴

一女初嫁，次早新郎背立，女扳其嘴，连亲数下，郎大怒曰：“如何不识羞耻？”妇应曰：“其实一时认错了，不知是你，莫怪莫怪！”

舌头甜

新婚夜，送亲席散。次日，厨司捡点桌面，不见一顶糖人，各处查问。新人忽大笑不止，喜娘在傍问：“笑甚么？”女答曰：“怪不得昨夜一个人舌头是甜津津的。”

寡欲

一贫家生子极多，艰于衣食。夫咎妻曰：“多男多累，谁教你多男？”妻曰：“寡欲多子，谁教你寡欲？”

邻人看

一妇诉其夫曰：“邻某常常看我。”夫曰：“采他做甚？”妇曰：“我今日对你说，你不在意，下次被他看上了，却不关我事。”

偷弟媳

一官到任，众里老参见。官下令曰：“凡偷媳妇者站过西边，不偷者站在东边。”内有一老人慌忙走到西首，忽又跑过东来。官问曰：“这是何说？”老人跪告曰：“未曾蒙老爷吩咐，不知偷弟媳妇的，该立在何处？”

藏年

一人娶一老妻，坐床时，见面多皱纹，因问曰："汝有多少年纪？"妇曰："四十五六。"夫曰："婚书上写三十八岁，依我看来还不止四十五六，可实对我说。"曰："实五十四岁矣。"夫再三诘之，只以前言对。上床后更不过，心乃巧生一计，曰："我要起来盖盐瓮，不然被老鼠吃去矣。"妇曰："倒好笑，我活了六十八岁，并不闻老鼠会偷盐吃。"

卷七　世讳部

开路神

金刚遇开路神，羡之曰："你我一般长大，我怎如你着好吃好。"开路神曰："阿哥不知，我只图得些口腹耳。若论穿着，全然不济，剥去一层遮羞皮，浑身都是篾片了。"

焦面鬼

一帮闲途遇人家出丧，前面焦面鬼王，以为大老官人也，礼拜甚恭。少顷，大雨如注，而鬼身上纸衣被雨濯去。闲汉曰："白日见鬼，我只道是大老官，却原来也是个篾片。"

咽糠

一闲汉咽糠而出，忽遇大老官留家早饭，答曰："适间用狗肉过饱，饭是吃不下了，有酒倒饮几杯。"既饮忽吐，而糠出焉。主见，惊问曰："你说吃了狗肉，为何吐此？"其人睨视良久，曰："咦，我自吃的狗肉，想必狗曾吃糠来。"

望烟囱

富儿才当饮啖，闲汉毕集。因问曰："我这里每到饭熟，列位便来，就一刻也不差，却是何故？"诸闲汉曰："遥望烟囱内烟出，即知做饭，熄则熟矣，如何得错？"富儿曰："我明日买个行灶来煮，且看你们望什么？"众曰：

“你若煨了行灶，我等也不来了。”

借脑子

苏州人极奉承大老官，平日常谓主人曰：“要小子替死，亦所甘心。”一日主病，医曰：“病入膏肓，非药石所能治疗，必得生人脑髓配药，方可救得。”遍索无有，忽省悟曰：“某人平日常自谓肯替死，岂吝惜一脑乎？”即呼之至，告以故。乃大惊曰：“阿呀，使勿得，吾里苏州人，从来无脑子个。”

件件熟

帮闲人除夜与妻同饭，忽然笑曰：“我想一生止受用得一个‘熟’字。你看大老官，那个不熟？私窠小娘，那个不熟？游船上，那个不熟？戏子歌童，那个不熟？箫管唱曲的朋友，那个不熟？”话未毕，妻忽大恸。其人问故，曰：“天杀的！你既件件皆熟，如何我这件过年布衫，偏不替我赎（熟）。”

活千年

一门客谓贵人曰：“昨夜梦公活了一千年。”贵人曰：“梦生得死，莫非不祥么。”其人遽转口曰：“啐！我说差了，正是梦公死了一千年。”

屁香

有奉贵人者，贵人偶撒一屁，即曰：“那里伽楠香？”贵人惭曰：“我闻屁乃谷气，以臭为正。今反香，恐非吉兆。”其人即以手招气嗅之，曰：“如今有点臭了。”

撞席

老鼠与獭结交。鼠先请獭，獭答席，邀鼠过河，暂往觅食。忽一猫见之欲捕，鼠慌曰：“请我的倒不见，吃我的到来了。”

争座

鼻与眉争座位，鼻曰：“一切香臭，皆我先知，我之功大矣。汝属无用之物，何功之有，辄敢位居我上？”眉曰：“是则然矣，假如鼻头坐上位，世上有此理否？”

父多一次

子好游妓馆，父责之曰：“不成器的畜生，我到娼家十次，倒有九次见你。”子曰：“这等说来，你还多我一次，反来骂我？”

醉敲门

光棍醉敲妓门，妓知其乏钞，闭而不纳，辞以有客，实无客也。光棍破门而进，妓灭灯仰卧于床。光棍摸着其足，与男人无异，乃笑曰：“他不拒我，果然是有客。”

龟渡

有一士欲过河，苦无渡船。忽见有一大龟，士曰：“乌龟哥，烦你渡我过去，我吟诗谢你。”龟曰：“先吟后渡。”士曰：“莫被你哄，先吟两句，渡后再吟两句，何如？”龟曰：“使得。”士吟曰：“身穿九宫八卦，四游龙王也怕。”龟喜甚，即渡士过河。士续曰：“我是衣冠中人，不与乌龟答话。”

骨血

妓接一西客，临去欲暖其心，伪云：“有三个月身孕，是你的骨血，须来一看。”客信之，如期果至。妓计困，乃以小白犬一只置儿篮内，蒙被而诳客曰：“儿生矣，熟睡，不可搅动他。”客启视狗身，乃大喜，抚犬曰：“果是咱亲骨血，在娘胎里就穿上羊皮袄子了。”

妻当稍

一人好赌，日夜不归。已破家，止剩一妻，乃以出稍。不几掷，复输去。因请再饶一掷，赢家曰：“讲绝了稍做事，如何又饶？”答曰：“其中有一缘故，房下还是室女，作少了价钱，饶一掷不为过。”赢家曰：“那有此理？”曰：“你若不信，只看我自做亲以来，何曾有一夜在家里？”

取头

好赌者，家私输尽，不能过活，取绳上吊。忽见一鬼在梁上云：“快拿头来。”此人曰：“也亏你开得这口，我输到这般地位，还来问我要头！”

白日鬼

法师上坛，谈口施食。天将明矣，正要安寝，又见一班披枷带锁、折手断脚的饿鬼索食。师问："阳世作何生理，受此果报？"众云："皆是拐骗子、做中保、镶局害人的。"又问："夜间为何不来同领法食？"答曰："我们一班，都是白日鬼。"

分子头

一人生平惯做分头，扑克人家银钱。死后，阎王痛恨，发在黑暗地狱内受罪。进狱时，即云："列位在此，不见天日，何不出一公分，开个天窗？"

穿窬

一士人夜读，见偷儿穴墙有声。时炉内滚汤正沸，提汤潜伺穴口。及墙既穿，偷儿先以脚进，士遂擒住其两腿，徐以滚汤淋之。贼哀告求释，士从容谓曰："多也不敢奉承，只尽此一壶罢。"

新雷公

雷公欲诛忤逆子，子执其手曰："且慢击。我且问你还是新雷公，还是旧雷公？"雷公曰："何谓？"其人曰："若是新雷公，我竟该打死。若是旧雷公，我父忤逆我祖，你一向在那里去了？"

叫城门

一人最好唱曲。探亲回迟，城门已闭，因叫："开门！"管门者曰："你唱一曲我听，便放你进来。"此人曰："唱便唱，只是我唱，你要答应。"管门曰："依你。"其人先说白云："叫周仓！"城上应曰："嗄！""关爷爷在城外了，还不快迎！"复应曰："嗄。"其人曰："你既晓得关出你爷在城外，就该开门，如何还敢要我唱曲？"

老鳏

苏州老鳏，人问："有了令郎么？"答云："提起小儿，其实心酸。前面妻祖与妻父定亲，说得来垂成了，被一个天杀的用计螶退了，致使妻父不曾娶得妻母，妻母不曾养得贱内，至今小儿杳然。"

抵偿

老虎欲吃猢狲，狲诳曰："我身小，不足以供大嚼。前山有一巨兽，堪可饱餐，当引导前去。"同至山前，一角鹿见之，疑欲啖己，乃大喝云："你这小猢狲，许我拿十二张虎皮送我，今只拿一张来，还有十一张呢？"虎惊遁，骂曰："不信这小猢狲如此可恶，倒要拐我抵销旧账！"

不利语

一翁无子，三婿同居，新造厅房一所。其长婿饮归，敲门不应，大骂："牢门为何关得恁早！"翁怒，呼第二婿诉曰："我此屋费过千金，不是容易挣的，出此不利之语，甚觉可恶。"次婿曰："此房若卖，也只好值五百金罢了。"翁愈怒，又呼第三婿述之。三婿云："就是五百金，劝阿伯卖了也罢，若然一场天火，连屁也不值。"

吹叭喇

乐人夜归，路见偷儿挖一壁洞，戏将叭喇插入吹起。内惊觉追赶，遇贼问云：“你曾见吹叭喇的么？”

戒狗肉

乞儿戒吃狗肉，众丐劝曰：“不必。”曰：“我不食之久矣。”众曰：“你便戒他，他却不戒你。”

病烂腿

一乞儿病腿烂，仰卧市中，狗见之欲餂。乞儿曰：“畜生，少不得是你口里食，何须这般性急？”

吃荇叶

清客贫甚，晨起无米，煮荇叶食之而出。少顷，赴富儿席，饮空心酒过多，遂大哕，而荇叶出焉。恐人嘲笑，乃指而言曰：“好古怪，早上吃白滚汤时，用不多几个莲心，如何一会子小荷叶出得恁快？”

卷八　僧道部

追度牒

一乡官游寺，问和尚："吃荤否？"曰："不甚吃，但逢饮酒时，略用些。"曰："然则汝又饮酒乎？"曰："不甚吃，但逢家岳妻舅来，略陪些。"乡官怒曰："汝又有妻，全不像出家人的戒行，明日当对县官说，追你度牒。"僧曰："不劳费心，三年前贼情事发，早已追去了。"

掠缘簿

和尚做功德回，遇虎，惧甚，以铙钹一片击之。复至，再投一片，亦如之。乃以经卷掠去，虎急走归穴。穴中母虎问故，答曰："适遇一和尚无礼，只扰得他两片薄脆，就掠一本缘簿过来，不得不跑。

鬼王撒尿

大族出丧，路逢大雨，女眷人等，避于路傍檐下。和尚没处存身，暂躲开路神腹内。少顷，一僧从神腰里伸头探望，看雨住否。诸女眷惊曰："我们回避，开路神要撒尿哩。"

发往酆（fēng）都

有素不信佛事者，死后坐罪甚重。乃倾其冥资，延请僧鬼作功果，遍觅不得。问人曰："此间固无僧乎？"曰："来是来得多，都发往酆都了。"

忏悔

孝子忏悔亡父，僧诵普庵咒，至“南无佛佗耶”句，孝子喜曰：“正愁我爷难过奈何桥，多承佗过了。”乃出金劳之。僧曰：“若肯从重布施，连你娘等我也佗了过去罢。”

追荐

一僧追荐亡人，需银三钱，包送西方。有妇超度其夫者，送以低银。僧遂念往东方。妇不悦，以低银对，即算补之，改念西方。妇哭曰：“我的天，只为几分银子，累你跑到东又跑到西，好不苦呀。”

闻香袋

一僧每进房，辄闭门口呼“亲肉心肝”不置。众徒俟其出，启钥瞷之，无他物，帷席下一香囊耳。众疑此有来历，乃去香，实以鸡粪。僧既归，仍闭门取香囊，且嗅且唤曰：“亲肉心肝呀，你怎么这等，莫非撒了一屁么？”

没骨头

秀才、道士、和尚三人，同船过渡。舟人解缆稍迟，众怒骂曰：“狗骨头，如何这等怠慢？”舟人忍气渡众，下船撑到河中，停篙问曰：“你们适才骂我狗骨头，汝秀才是甚骨头？讲得有理，饶汝性命，不然，推下水去。”士曰：“我读书人攀龙附凤，自然是龙骨头。”次问道士，乃曰：“我们出家人，仙风道骨，自然是神仙骨头。”和尚无可说得，乃慌哀告曰：“乞求饶恕，我这秃子，从来是没骨头的。”

天报

老僧往后园出恭，误被笋尖搠入臀眼，乃唤疼不止。小沙弥见之，合掌云：“阿弥陀佛，天报。”

跳墙

一和尚偷妇人，为女夫追逐，既跳墙，复倒坠。见地下有光头痕，遂捏拳印指痕在上，如冠子样，曰：“不怕道士不来承认。”

驱蚊

一道士自夸法术高强，撇得好驱蚊符。或请得以贴室中，至夜蚊虫愈多。往咎道士，道士曰：“吾试往观之。”见所贴符曰：“原来用得不如法耳。”问：“如何用法？”曰：“每夜赶好蚊虫，须贴在帐子里面。”

谢符

一道士过王府基，为鬼所迷，赖行人救之，扶以归。道士曰：“感君相救，无物可酬，有避邪符一道，聊以奉谢。”

祈雨

官命道士祈雨，久而不下，怪其身体不洁，亵渎神明，以致如此。乃尽拘小道，禁之狱中，令其无可掏摸。越数日，狱卒禀曰："老道士祈雨，小道士求晴，如何得有雨下？"官问何故，狱卒曰："他在狱念道：'但愿一世不下雨，省得我们夜夜去熬疼。'"

卷九　贪吝部

开当

有慕开典铺者，谋之人曰：“需本几何？”曰：“大典万金，小者亦须千计。”其人大骇而去。更请一人问之，曰：“百金开一钱当亦可。”又辞去。最后一人曰：“开典如何要本钱，只须店柜一张，当票数纸足矣。”此人乃欣然。择期开典，至日，有持物来当者，验收讫，填空票计之。当者索银，答曰：“省得称来称去，费坏许多手脚，待你取赎时，只将利银来交便了。”

请神

一吝者，家有祷事，命道士请神，乃通城请两京神道。主人曰：“如何请这远的？”道士答曰：“近处都晓得你的情性，说请他，他也不信。”

好放债

一人好放债。家已贫矣，止余斗粟，仍谋煮粥放之。人问曰：“如何起利？”答曰：“讨饭。”

大东道

好善者曰：“闻当日佛好慈悲，曾割肉喂鹰，投崖喂虎。我欲效之，但鹰在天上，虎在山中，身上有肉，不能使啖，夏天蚊子甚多，不如舍身斋了蚊罢。”乃不挂帐，以血饲蚊。佛欲试其虔诚，变一虎啖之。其人大叫曰：“小意思吃些则可，若认真这样大东道，如何当得起！”

打半死

一人性最贪，富者语之曰：“我白送你一千银子，你与我打死了罢。”其人沉吟良久，曰：“只打半死，与我五百两何如？”

命穷

乡下亲家新制佳酿，城里亲家慕而访之，冀其留饮。适亲家他往，亲母命子款待，权为荒榻留宿。其亲母卧房止隔一壁，亲家因未得好酒到口，方在懊闷。值亲母桶上撒尿，恐声响不雅，努力将臀夹紧，徐徐滴沥而下。亲家听见，私自喜曰：“原来才在里面滤酒哩，想明早得尝其味矣。”亲母闻言，不觉失笑，下边松动，尿声急大。亲家拍掌叹息曰：“真是命穷，可惜滤酒榨袋，又撑破了。”

兄弟种田

有兄弟合种田者，禾既熟，议分。兄谓弟曰：“我取上截，你取下截。”弟讶其不平，兄曰：“不难，待明年你取上，我取下可也。”至次年，弟催兄下谷种，兄曰：“我今年意欲种芋头哩。”

合伙做酒

甲乙谋合本做酒，甲谓乙曰：“汝出米，我出水。”乙曰：“米若我的，如何算账？”甲曰：“我决不亏心。到酒熟时，只逼还我这些水罢了，其馀多是你的。”

翻脸

穷人暑月无帐，复惜蚊烟费，忍热拥被而卧，蚊[illegible]其面。邻家有一鬼脸，借而戴之。蚊口不能入，谓曰：“汝不过省得一文钱耳，如何便翻了脸？”

画像

一人要写行乐图，连纸笔颜料共送银二分。画者乃用水墨，于荆川纸上画出一背像。其人怒曰：“写真全在容颜，如何写背？”画者曰：“我劝你莫把面孔见人罢。”

许日子

一人性极吝啬，从无请客之事。家僮偶持碗一篮，往河边洗涤，或问曰：“你家今日莫非宴客耶？”僮曰：“要我家主人请客，除非那世里去！”主人知而骂曰：“谁要你轻易许下他日子！”

醵（jù）金

有人遇喜事，一友封分金一星往贺，乃密书封内云：“现五分，赊五分。”已而此友亦有贺分，其人仍以一星之敬答之。乃以空封往，内书云：“退五分，赊五分。”

不留客

客远来久坐，主家鸡鸭满庭，乃辞以家中乏物，不敢留饭。客即借刀，欲杀己所乘马治餐。主曰："公如何回去？"客曰："凭公于鸡鸭中，告借一只，我骑去便了。"

不留饭

一客坐至晌午，主绝无留饭之意。适闻鸡声，客谓主曰："昼鸡啼矣。"主曰："此客鸡不准。"客曰："我肚饥是准的。"

射虎

一人为虎衔去，其子执弓逐之，引满欲射。父从虎口遥谓其子曰："我儿须是搀脚射来，不要伤坏了虎皮，没人肯出价钱。"

吃人

一人远出回家，对妻云："我到燕子矶，蚊虫大如鸡。后过三山硖，蚊虫大如鸭。昨在上新河，蚊虫大如鹅。"妻云："呆子，为甚不带几只回来吃？"夫笑曰："他不吃我就够了，你还敢想去吃他！"

悭吝

一人性最悭吝，忽感痨瘵之疾，医生诊视云："脉气虚弱，宜用人参培补。"病者惊视曰："力量绵薄，惟有委命听天可也。"医士曰："参既不用，须以熟地代之，其价颇贱。"病者摇首曰："费亦太过，愿死而已。"医知其吝啬，乃诈言曰："别有一方，用干狗屎调黑糖一二文服之，亦可以补元神。"病者跃然起问曰："不知狗屎

一味，可以秃用否？”

卖粉孩

一人做粉孩儿出卖，生意甚好，谓妻曰：“此后只做束手的，粉可稍省。”果卖去。又曰：“此后做坐倒的，当更省。”仍卖去。乃曰：“如今做垂头而卧者，不更省乎！”及做就，妻提起看曰：“省则省矣，只是看看不像个人了。”

独管裤

一人谋做裤而吝布，连唤裁缝，俱以费布辞去。最后一缝匠云：“只须三尺足矣。”其人大喜，买布与之。乃缝一脚管，令穿两足在内。其人曰：“迫甚，如何行得？”缝匠曰：“你脱煞要省，自然一步也行不开的。”

莫想出头

一人性吝者，买布一丈，命裁缝要做马衣一件，裤一条，袜一双，馀布还要做顶包巾。匠每以布少辞去。落后一裁缝曰：“我做只消八尺，倒与你省却两尺，何如？”其人大喜。缝者竟做成一长袋，将此人从脚套至头顶，口用绳收紧。其人曰：“气闷极矣。”匠曰：“撞着你这悭吝鬼，自然是气闷的。省是省了，要想出头，却难哩。”

一毛不拔

一猴死见冥王，求转人身。王曰：“既欲做人，须将身上毛尽行拔去。”即唤夜叉动手。方拔一根，猴不胜痛楚，王笑曰："畜生，看你一毛不拔，如何做人！"

因小失大

有造方便觅利者，遥见一人撩衣，知必小解，恐其往所对邻厕，乃伪为出恭，而先踞其上。小解者果赴己厕。其人不觉，偶撒一屁，带下粪来，乃大悔恨，曰："何苦因小失大。"

七德

一家延师，供馔甚薄。一日，宾主同坐，见篱边一鸡，指问主人曰："鸡有几德？"主曰："五德。"师曰："以我看来，鸡有七德。"问："为何多了二德？"答曰："我便吃得，你却舍不得。"

粪鸡

东家供师甚薄，久不买荤。一日，粪缸内淹死一鸡，烹以为馔。师食而疑之，问其徒，徒以实告，师愤甚。少顷，主人进馆，师忙执笤帚一把，塞其口中，逼使尽食。东家曰："笤帚如何吃得？"师曰："你既不肯吃笤帚，如何倒叫先生吃粪鸡（箕）。"

下饭

二子午餐，问父用何物下饭，父曰："古人望梅止渴，可将壁上挂的腌鱼望一望，吃一口，这就是下饭了。"二子依法行之。忽小者叫云："阿哥多看了一眼。"父曰："咸杀了他。"

吃榧（fěi）伤心

有担榧子在街卖者，一人连吃不止。卖者曰："你买不买，如何只管吃？"答曰："此物最能养脾。"卖者曰："你虽养脾，我却伤心。"

一味足矣

一先生开馆，东家设宴相待，以其初到加礼，乃宰一鹅奉款。饮至酒阑，先生谓东翁曰："学生取扰的日子正长，以后饮馔，务须从俭，庶得相安。"因指盘中鹅曰："日日只此一味足矣，其馀不必罗列。"

卖肉忌赊

有为儿孙作马牛者，临终之日，呼诸子而问曰："我死后，汝辈当如何殡殓？"长子曰："仰体大人惜费之心，不敢从厚，缟衣布衾，二寸之棺，一寸之椁，墓道仅以土封。"翁攒眉良久，责其多费。次子曰："衣衾棺椁，俱不敢用，但具稿荐一条，送于郊外，谓之火葬而已。"翁犹疾其过奢。三子嘿喻父意，乃诡词以应曰："吾父爱子之心，无所不至，既经殚力于生前，并惜捐躯于死后？不若以大人遗体，三股均分，暂作一日之屠儿，以享百年之遗泽，何等不好？"翁乃大笑曰："吾儿此语，适获我心。"复戒之曰："对门王三老，惯赖肉钱，断断不可赊。"

醮酒

有性吝者，父子在途，每日沽酒一文，虑其易竭，乃约用箸头醮尝之。其子连醮二次，父责之曰：“如何吃这般急酒！”

吞杯

一人好饮，偶赴席，见桌上杯小，遂作呜咽之状。主人惊问其故，曰：“睹物伤情耳。先君去世之日，并无疾病，因友人招饮，亦似府上酒杯一般，误吞入口，咽死了的。今日复见此杯，焉得不哭？”

好酒

父子扛酒一坛，路滑跌翻。其父大怒，子乃伏地痛饮，抬头谓父曰：“快些来么，难道你还要等甚菜？”

恋席

客人恋席，不肯起身。主人偶见树上一大鸟，对客曰：“此席坐久，盘中肴尽，待我砍倒此树，捉下鸟来，烹与执事侑酒，何如？”客曰：“只恐树倒鸟飞矣。”主云：“此是呆鸟，他死也不肯动身的。”

恋酒

一人肩挑磁壶，各处货卖。行至山间，遇着一虎，咆哮而来。其人怆甚，忙将一壶掷去，其虎不退。再投一壶，虎又不退。投之将尽，止存一壶，乃高声大喊曰：“畜生，畜生！你若去，也只是这一壶。你就不去，也只是这一壶了！”

四脏

一人贪饮过度，妻子私相谋议曰："屡劝不听，宜以险事动之。"一日，大饮而哕，子密袖猪膈置哕中，指以谓曰："凡人具五脏，今出一脏矣，何以生耶？"父熟视曰："唐三藏尚活世，况我有四脏乎！"

寡酒

一人以寡酒劝客，客曰："不如拿把刀来杀了我罢。"主愕然问曰："劝酒无非好意，何出此言？"客曰："其实当你寡（剐）不过了。"

白伺候

夜游神，见门神夜立，怜而问之曰："汝长大乃尔，如何做人门客，早晚伺候，受此苦辛？"门神曰："出于无奈耳。"曰："然则有饭吃否？"答："若要他饭吃时，又不要我上门了。"

梦戏酌

一人梦赴戏酌，方定席，为妻惊醒，乃骂其妻。妻曰："不要骂，趁早睡去，戏文还未半本哩。"

梦美酒

一好饮者，梦得美酒。将热而饮之，忽被惊醒，乃大悔曰："早知如此，恨不冷吃。"

截酒杯

使僮斟酒不满，客举杯细视良久，曰："此杯太深，当截去一段。"主曰："为何？"客曰："上半段盛不得酒，要他何用？"

切薄肉

主有留客，定饭仅用切肉一碗，既嚣且少。乃作诗以诮之，曰："君家之刀利且锋，若家之手轻且松。切来片片如纸同，周围披转无二重。推窗忽遇微小风，顿然吹入五云中。忙忙令人觅其踪，已过巫山十二峰。"

满盘多是

客见坐上无肴，乃作意谢主人，称其大费。主人曰："一些菜也没有，何云大费？"客曰："满盘都是。"主人曰："菜在那里？"客指盘中曰："这不是菜，难道是肉不成？"

滑字

一家延师，供膳菲薄。时值天雨，馆童携午膳至，肉甚少，师以其来迟，欲责之。童曰："天雨路滑故也。"师曰："汝可写滑字我看，如写得出，便饶你打。"童曰："一点儿，一点儿，又是斜披一点儿，其余都是骨了。"

不见肉

一母命子携萝卜一篮，往河边洗涤。久之不归，母往寻之，但存萝卜。知儿失足堕河，淹死水中，因大哭曰："我的肉，我的肉，但见萝卜不见肉。"

和头多

有请客者，盘飧少而和头多，因嘲之曰："府上的食品，忒煞富贵相了。"主问："何以见得？"曰："葱蒜萝卜，都用鱼肉片子来拌的。少刻鱼肉上来，一定是龙肝凤髓做和头了。"

盛骨头

一家请客，骨多肉少。客曰："府上的碗想是偷来的？"主人骇曰："何出此言？"客曰："我只听见人家骂说：'偷我的碗，拿去盛骨头。'"

收骨头

馆僮怪主人每食必尽，只留光骨于碗，乃对天祝曰："愿相公活一百岁，小的活一百零一岁。"主问其故，答曰："小人多活一岁，好收拾相公的骨头。"

涂嘴

或有宴会，座中客贪馋不已，肴核既尽。馆僮愤怒而不敢言，乃以锅煤涂满嘴上，站立旁侧。众人见而讶之，问其嘴间何物。答曰："相公们只顾自己吃罢了，别人的嘴管他则甚。"

索烛

有与善啖者同席，见盘中且尽，呼主翁拿烛来。主曰："得无太早乎？"曰："我桌上已一些不见了。"

借水

一家请客，失分一箸。上菜之后，众客朝拱举箸，其人独抻手而观。徐向主人曰："求赐清水一碗。"主问曰："何处用之？"答曰："洗干净了指头，好拈菜吃。"

善求

有作客异乡者，每入席，辄狂啖不已。同席之人甚恶之，因问曰："贵处每逢月食，如何护法？"答曰："官府穿公服群聚，率军校侍兵击鼓为对，俟其吐出始散。"其人亦问同席者曰："贵乡同否？"答曰："敝处不然，只是善求。"问："如何求法？"曰："合掌了手，对黑月说道：'阿弥陀佛，脱煞凶了，求你省可吃些，剩点与人看看罢。'"

好啖

甲好啖，手不停箸，问乙曰："兄如何箸也不动？"乙还问曰："兄如何动也不住？"

同席不认

有客馋甚，每入座，辄餮（tiè）饕（tāo）不已。一日，与之同席，自言曾会过一次，友曰：“并未谋面，想是老兄错认了。”及上菜后，啖者低头大嚼，双箸不停。彼人大悟，曰：“是了，会便会过一次，因兄只顾吃菜，终席不曾抬头，所以认不得尊容，莫怪莫怪。”

喜属犬

一酒客讶同席者饮啖太猛，问其年，以属犬对。客曰：“幸是犬，若属虎的，连我也都吃下肚了。”

问肉

一人与瞽（gǔ）者同席，先上东坡肉一碗，瞽者举箸即拑而啖之。同席者恶甚。少焉复来捞取，盘中已空如也。问曰：“肉有几块？”其人愤然答曰：“九块。”瞽者曰：“你到吃了八块么。”

吃黄雀

两人共席而饮，碗内有黄雀四只，一人贪食其三，谓同席者曰：“兄何不用？”其人曰：“索性放在兄腹中，省得他们拆了对。”

啖馄饨

一妻病，夫问曰：“想甚吃否？”妻曰：“除非好肉馄饨，想吃一二只。”夫为治一盂，意欲与妻同享，方往取箸回，而妻已染指啖尽，止馀其一。夫曰：“何不并啖此枚？”妻攒眉曰：“我若吃得下此只，不害这病了。”

罚变蟹

一人见冥王，自陈一生吃素，要求个好轮回。王曰："我那里查考？须剖腹验之。"既剖，但见一肚馋涎。因曰："罚你去变一只蟹，依旧吐出了罢。"

不吃素

一人遇饿虎，将遭啖。其人哀恳曰："圈有肥猪，愿将代己。"虎许之，随至其家。唤妇取猪喂虎，妇不舍曰："所有豆腐颇多，亦堪一饱。"夫曰："罢么，你看这样一个狠主客，可是肯吃素的么？"

酒煮滚汤

有以淡酒宴客者，客尝之，极赞府上烹调之美。主曰："粗肴未曾上桌，何以见得？"答曰："不必论其他，只这一味酒煮白滚汤，就妙起了。"

淡酒

有人宴客用淡酒者，客向主人索刀。主问曰："要他何用？"曰："欲杀此壶。"又问："壶何可杀？"答曰："杀了他解解水气。"

淡水

河鱼与海鱼攀亲，河鱼屡往，备扰海鱼。因语海鱼："亲家，何不到我处下顾一顾？"海鱼许焉。河鱼归曰："海头太太至矣。"遣手下择深港迎之。海鱼甫至港口便返，河鱼追问其故，答曰：“我吃不惯贵处这样淡水。”

索米

一家请客，酒甚淡。客曰：“肴馔只此足矣，倒是米求得一撮出来。”主曰：“要他何用？”答曰：“此酒想是不曾下得米，倒要放几颗。”

酒死

一人请客，客方举杯，即放声大哭。主人慌问曰：“临饮何故而悲？”答曰：“我生平最爱的是酒，今酒已死矣，因此而哭。”主笑曰：“酒如何得死？”客曰：“既不曾死，如何没有一些酒气？”

送君代酒

一客访客，主人不留饮食，起送出门，谓客曰：“古语云：‘远送当三杯’，待我送君里许。”恐客留滞，急拽其袖而行。客曰：“求从容些，量浅，吃不得这般急酒。”

卷十　贫窭（jù）部

好古董

一富人酷嗜古董，而不辨真假。或伪以虞舜所造漆碗、周公挞伯禽之杖，与孔子杏坛所坐之席求售，各以千金得之。囊资既空，乃左执虞舜之碗，右持周公之杖，身披孔子之席，而行乞于市，曰："求赐太公九府钱一文。"

不奉富

千金子骄语人曰："我富甚，汝何得不奉承？"贫者曰："汝自多金子，我何与而奉汝耶？"富者曰："倘分一半与汝何如？"答曰："汝五百，我五百，我汝等耳，何奉焉？"又曰："悉以相送，难道犹不奉我？"答曰："汝失千金，而我得之，汝又当趋奉我矣。"

穷十万

富翁谓贫人曰："我家富十万矣。"贫人曰："我亦有十万之蓄，何足为奇。"富翁惊问曰："汝之十万何在？"贫者曰："你平素有了不肯用，我要用没得用，与我何异？"

失火

一穷人正在欢饮，或报以家中失火。其人即将衣帽一整，仍坐云："不妨，家当尽在身上矣。"或曰："令正却如何？”答曰：“他怕没人照管？”

夹被

暑月有拥夹被卧者，或问其故，答曰：“阿哟，绵被脱热。”

留茶

有留客吃茶者，苦无茶叶，往邻家借之。久而不至，汤滚则溢，以冷水加之。既久，釜且满矣，而茶叶终不得。妻谓夫曰：“茶是吃不成了，不如留他洗个浴罢。”

怕狗

客至乏仆，暗借邻家小厮掇茶。至客堂后，逡巡不前，其人厉声曰：“为何不至？”僮曰：“我怕你家这只凶狗。”

食粥

一人家贫，每日省米吃粥。怕人耻笑，嘱子讳之，人前只说吃饭。日久，同友人讲话，等久不进，子往唤曰：“进来吃饭。”父曰：“今日手段快，缘何煮得恁早？”子曰：“早到不早，今日又熬了些清汤。”

鞋袜讦讼

一人鞋袜俱破，鞋归咎于袜，袜又归咎于鞋，交相讼之于官。官不能决，乃拘脚跟证之。脚跟曰：“小的一向逐出在外，何由得知？”

被屑挂须

贫家盖稿秸，幼儿不知讳，父挞而戒之曰：“后有问者，但云盖被。”一日父见客，而须上带秸草，儿从后呼曰：“爹爹，且除去面上被屑着！”

吃糟饼

一人家贫而不善饮，每出啖糟饼二枚，便有酣意。适遇友人问曰：“尔晨饮耶？”答曰：“非也，吃糟饼耳。”归以语妻，妻曰：“呆子，便说吃酒，也妆些体面。”夫颔之。及出，仍遇此友，问如前，以吃酒对。友诘之：“酒热吃乎？冷吃乎？”答曰：“是熯（hàn）的。”友笑曰：“仍是糟饼。”既归，而妻知之，咎曰：“汝如何说熯，须云热饮。”夫曰：“我知道了。”再遇此友，不待问即夸云：“我今番的酒，是热吃的。”友问曰：“你吃几何？”其人伸手曰：“两个。”

烧黄熟

清客见东翁烧黄熟香，辄掩鼻不闻，以其贱而不屑用也。主人曰：“黄熟虽不佳，还强似府上烧人言、木屑。”清客大诧曰：“我舍下何曾烧这两件？”主人曰：“蚊烟是甚么做的？”

拉银会

有人拉友作会，友固拒之不得，乃曰：“汝若要我与会，除是跪我。”其人即下跪，乃许之。傍观者曰：“些须会银，左右要还他的，如此自屈，吾甚不取。”答曰：“我不折本的，他日讨会钱，跪还我的日子正多哩。”

兑会钱

一人对客，忽转身曰：“兄请坐，我去兑还一主会银，就来奉陪。”才进即出，客问：“何不兑银？”其人笑曰：“我曾算来，他是痴的，所以把会银与我。我若还他，也是痴的了。”

剩石沙

一穷人留客吃饭，其妻因饭少，以鹅卵石衬于添饭之下。及添饭既尽，而石出焉。主人见之愧甚，乃责仆曰：“瞎眼奴才，淘米的时节，眼睛生在那里？这样大石沙，都不拿来拣出。”

饭粘扇

一人不见了扇子，骂曰：“拿我的扇子，去做羹饭！”傍人曰：“扇子如何做得羹饭？”其人曰：“你不晓得，我的扇子，糊掇许多饭粘在上面。”

借服

有居服制而欲赴喜筵者，借得他人一羊皮袄，素冠而往。人知其有服也，因问：“尊服是何人的？”其人见友问及，以为讥诮其所穿之衣，乃遽视己身，作色而言曰：“是我自家的，问他怎么？”

酒瓮盛米

一穷人积米三四瓮，自谓极富。一日，与同伴行市中，闻路人语曰：“今岁收米不多，止得三千馀石。”穷人谓其伴曰：“你听这人说谎，不信他一分人家，有这许多酒瓮。”

遇偷

偷儿入贫家，遍摸无一物，乃唾地开门而去。贫者床上见之，唤曰：“贼，有慢了，可为我关好了门去。”偷儿曰：“你这样人，亏你还叫我贼！我且问你，你的门关他做甚么？”

羞见贼

穿窬（yú）往窃一家，见主人向外而睡，忽转朝里。贼疑其素有相识，欲遁去。其人大呼曰：“来不妨，因我家乏物可敬，无颜见你啰。”

望包荒

贫士素好铺张，偷儿夜袭之，空如也，唾骂而去。贫士摸床头数钱，追赠之，嘱曰：“君此来，虽极怠慢，然在人前尚望包荒。”

借债

有持券借债者，主人曰：“券倒不须写，只画一幅行乐图来。”借者问其故，答曰：“怕我日后讨债时，便不是这副面孔耳。”

变爷

一贫人生前负债极多，死见冥王。王命鬼判查其履历，乃惯赖人债者，来世罚去变成犬马，以偿前欠。贫者禀曰：“犬马之报，所偿有限，除非变了他们的亲爷，方可还得。”王问何故，答曰：“做了他家的爷，尽力去挣，挣得论千论万，少不得都是他们的。”

梦还债

欠债者谓讨债者曰：“我命不久矣，昨夜梦见身死。”讨者曰：“阴阳相反，梦死反得生也。”欠债者曰：“还有一梦。”问曰：“何梦？”曰：“梦见还了你的债。”

说出来

一人为讨债者所逼，乃发急曰：“你定要我说出来么！”讨债者疑其发己心病，嘿（mò）然而去。如此数次。一日发狠曰：“由你说出来也罢，我不怕你。”其人又曰：“真个要说出来？”曰：“真要你说。”曰：“不还了！”

坐椅子

一家索债人多，椅凳俱坐满，更有坐槛上者。主人私谓坐槛者云：“足下明日来早些。”那人意其先完己事，乃大喜，遂扬言以散众人。次早，黎明即往，叩其相约之意，答曰："昨日有亵坐槛，甚是不安，今日早来，可占把交椅。"

扛欠户

有欠债屡索不还者，主人怒，命仆辈潜伺其出，扛之以归。至中途，仆暂歇息，其人曰："快走罢，歇在这里，又被别人扛去，不关我事。"

拘债精

冥王命拘蔡青，鬼卒误听，以为勾债精也，遂摄一欠债者到案。王询之，知其谬，命鬼卒放回。债精曰："其实不愿回去。阳间无处藏身，正要借此处一躲。"

摆海干

一人专好放生，龙王感之，命夜叉赠一宝钱，嘱曰："此钱名为摆海干，教他把此钱在海中一摆，海水即干，任将金银宝贝拿去。"夜叉使命付讫。其人日日将钱去摆，遂成大富。后把此钱失去，贪心未足，只将空手海上去摆。一日，撞着夜叉，夜叉曰："你手内钱都没了，还有何脸面，在此摆甚么？"

卷十一　讥刺部

搬是非

寺中塑三教像，先儒，次释，后道。道士见之，即移老君于中。僧见，又移释迦于中。士见，仍移孔子于中。三圣自相谓曰："我们原是好好的，却被这些小人搬来搬去搬坏了。"

丈人

有以岳丈之力得中魁选者，或为语嘲之曰："孔门弟子入试，临揭晓，闻报子张第九。众曰：'他一貌堂堂，果有好处。'又报子路第十三，众曰：'这粗人到也中得高，还亏他这阵气魄好。'又报颜渊第十二，众曰：'他学问最好，屈了他些。'又报公冶长第五，大家骇曰：'那人平时不见怎的，为何倒中在前？'一人曰：'他全亏有人扶持，所以高掇。'问：'谁扶持他？'曰：'丈人。'"

大爷

一人牵牛而行，喝人让路不听，乃云："看你家爷来。"一人回视曰："难道我家有这样一个大爷？"

苏杭同席

苏、杭人同席，杭人单吃枣子，而苏人单食橄榄。杭问苏曰，"橄榄有何好处，而兄爱吃他？"曰："回味最佳。”杭人曰：“等得你回味好，我已甜过半日了。”

狗衔锭

狗衔一银锭而飞走，人以肉喂他不放，又以衣罩去，复甩脱。人谓狗曰：“畜生，你直恁不舍，既不爱吃，复不好穿，死命要这银子何用？”

不停当

有开当者，本钱甚少。初开之月，招牌写一“当”字。未几，本钱发尽，赎者不来，乃于“当”字之上，写一“停”字，言停当也。及后赎者再来，本钱复至，又于“停”字之上，加一“不”字。人见之曰：“我看你这典铺中，实实有些不停当了。”

十只脚

关吏缺课，凡空身人过关，亦要纳税，若生十只脚者免。初一人过关无钞，曰：“我浙江龙游人也。龙是四脚，牛是四脚，人两脚，岂非十脚？”许之。又一人求免税曰：“我乃蟹客也。蟹八脚，我两脚，岂非十脚？”亦免之。末后一徽商过关，竟不纳税。关吏怒欲责之，答曰：“小的虽是两脚，其实身上之脚还有八只。”官问：“那里？”答曰：“小的徽人，叫做徽獭猫。猫是四脚，獭又四脚，小的两脚，岂不共是十只脚？”

亲家公

有见少妇抱小儿于怀，乃讨便宜曰：“好个乖儿子。”

妇知其轻薄，接口曰："既好，你把女儿送他做妻子罢。"其人答曰："若如此，你要叫我亲（略略顿新，方出下句）家公了。"

中人

玉帝修凌霄殿，偶乏钱粮，欲将广寒宫典与下界人皇。因思中人亦得一皇帝便好，乃请灶君皇帝下界议价。既见朝，朝中人讶之曰："天庭所遣中人，何黑如此？"灶君笑曰："天下中人，那有是白做的！"

媒人

有忧贫者，或教之曰："只求媒人足矣。"其人曰："媒安能疗贫乎？"答曰："随你穷人家，经了媒人口，就都发迹了！"

表号

一富翁不通文墨，有借马者柬云："偶欲他出，告假骏足一乘。"翁大怒曰："我便是一双足，如何借得？"傍友代解曰："所谓骏足者，马之称号也。"翁乃大笑曰："不信畜生也有表号。"

相称

一俗汉造一精室，室中罗列古玩书画，无一不备。客至，问曰："此中若有不相称者，幸指教，当去之。"客曰："件件俱精，只有一物可去。"主人问："是何物？"客曰："就是足下。"

看扇

有借佳扇观者，其人珍惜，以绵袖衫衬之。扇主看其袖色不堪，谓曰：“你倒是光手拿着罢。”

性不饮

一人以酒一瓶、腐一块，献利市神。祭毕，见狗在傍，速命童子收之。童方携酒入内，腐已为狗所啖。主怒曰：“奴才！你当收不收，只应先收了豆腐。岂不晓得狗是从来不吃酒的！”

担鬼人

钟馗专好吃鬼，其妹送他寿礼，帖上写云：“酒一坛，鬼两个，送与哥哥做点剁。哥哥若嫌礼物少，连挑担的是三个。”钟馗看毕，命左右将三个鬼俱送庖人烹之。担上鬼谓挑担鬼曰：“我们死是本等，你却何苦来挑这担子？”

鬼脸

阎王差鬼卒拘三人到案，先问第一个曰：“你生前作何勾当？”答云：“缝连补缀。”王曰：“你迎新弃旧，该押送油锅。”又问第二个：“你作何生理？”答曰：“做花卖。”王曰：“你节外生枝，发在油锅。”再问第三个，答曰：“糊鬼脸。”王曰：“都押到油锅去。”其人不服，曰：“我糊鬼脸，替大王张威壮势，如何同犯此罪？”王曰：“我怪你见钱多的，便把好脸儿与他，那钱少的；就将歹脸来欺他。”

牙虫

有患牙疼者，无法可治。医者云："内有巨虫一条，如桑蚕样，须捉出此虫，方可断根。"问："如何就有恁大？"医曰："自幼在牙（衙）门里吃大，最能伤人。"

好乌龟

时值大比，一人夤缘科举一名，命卜者占龟，颇得佳象，稳许今科奏捷。其人大喜，将龟壳谨带随身。至期点名入场，主试出题，旨解茫然，终日不成一字。因抚龟叹息曰："不信这样一个好乌龟，如何竟不会做文字？"

有钱夸口

一人迷路，遇一哑子，问之不答，惟以手作钱样，示以得钱，方肯指引。此人喻其意，即以数钱与之，哑子乃开口指明去路。其人问曰："为甚无钱装哑？"哑曰："如今世界，有了钱，便会说话耳！"

古今三绝

一家门首，来往人屙溺，秽气难闻。因拒之不得，乃画一龟于墙上，题云："在此溺尿者，即是此物。"一恶少见之，问曰："此是谁的手笔？"画者任之，恶少曰："宋徽宗、赵子昂与吾兄三人，共垂不朽矣。"画者询其故，答曰："宋徽宗的鹰，赵子昂的马，兄这样的乌龟，可称古今三绝。"

白蚁蛀

有客在外，而主人潜入吃饭者。既出，客谓曰："宅上好座厅房，可惜许多梁柱，都被白蚁蛀坏了。"主人四顾曰："并无此物。"客曰："他在里面吃，外边人如何知道。"

烦恼

或问："樊迟之名谁取？"曰："孔子取的。"问："樊哙之名谁取？"曰："汉祖取的。"又曰："烦恼之名谁取？"曰："这是他自取的。"

猫逐鼠

昔有一猫擒鼠，赶入瓶内，猫不舍，犹在瓶边守候。鼠畏甚，不敢出。猫忽打一喷嚏，鼠在瓶中曰："大吉利。"猫曰："不相干，凭你奉承得我好，只是要吃你哩！"

祝寿

猫与耗鼠庆生，安坐洞口，鼠不敢出。忽在内打一喷嚏，猫祝曰："寿年千岁！"群鼠曰："他如此恭敬，何妨一见？"鼠曰："他何尝真心来祝寿啰，骗我出去，正要狠嚼我哩。"

心狠

一人戏将数珠挂猫项间，群鼠私相贺曰："猫老官已吃斋念佛，定然不吃我们的了。”遂欢跃于庭，猫一见，连啃数个。众鼠奔走，背地语曰：“吾等以他念佛心慈了，原来是假意修行。”一答曰：“你不知，如今世上修行念佛的，比寻常人的心肠更狠十倍。”

嘲恶毒

蜂与蛇结盟，蜂云：“我欲同你上江一游。”蛇曰：“可，你须伏在我背间。”行到江中，蛇已无力，或沉或浮。蜂疑蛇害己，将尾刺钉紧在蛇背上。蛇负疼骂曰：“人说我的口毒，谁知你的肚里更毒！”

讥人弄乖

凤凰寿，百鸟朝贺，惟蝙蝠不至。凤责之曰：“汝居吾下，何踞傲乎？”蝠曰：“吾有足，属于兽，贺汝何用？”一日，麒麟生诞，蝠亦不至，麟亦责之。蝠曰：“吾有翼，属于禽，何以贺欤？”麟、凤相会，语及蝙蝠之事，互相慨叹曰：“如今世上恶薄，偏生此等不禽不兽之徒，真个无奈他何！”

素毒

人问：“羊肉与鹅肉如何这般毒得紧？”或答曰：“生平吃素的。”

白嚼

三人同坐，偶谈及家内耗鼠可恶。一曰：“舍间饮食，落放不得，转眼被他窃去。”一云：“家下衣服书籍，散去不得，时常被他侵损。”又一曰：“独有寒家老鼠不偷食咬衣，终夜咨了叫到天明。”此二人曰：“这是何故？”答曰：“专靠一味白嚼。”

笑话一担

秀才年将七十，忽生一子，因有年纪而生，即名年纪。未几，又生一子，似可读书者，命名学问。次年，又生一子，笑曰：“如此老年，还要生儿，真笑话也。”因名曰笑话。三人年长无事，俱命入山打柴。及归，夫问曰：“三子之柴孰多？”妻曰：“年纪有了一把，学问一些也无，笑话倒有一担。”

引避

有势利者，每出，逢冠盖，必引避。同行者问其故，答曰：“舍亲。”如此屡屡，同行者厌之。偶逢一乞丐，亦效其引避，曰：“舍亲。”问：“为何有此令亲？”曰：“但是好的，都被你认去了。”

取笑

甲乙同行，甲望见显者冠盖，谓乙曰：“此吾好友，见必下车，我当引避。”不意竟避入显者之家，显者既入门，诧曰：“是何白撞，匿我门内？”呼童挞而逐之。乙问曰：“既是好友，何见殴辱？”答曰：“他从来是这般与我取笑惯的。”

吃橄榄

乡人入城赴酌，宴席内有橄榄焉。乡人取啖，涩而无味，因问同席者曰：“此是何物？”同席者以其村气，鄙之曰：“俗。”乡人以为“俗”是名，遂牢记之。归谓人曰：“我今日在城尝一奇物，叫名‘俗’。”众未信，其人乃张口呵气曰：“你们不信，现今满口都是俗气哩。”

避首席

有病疯疾者，延医调治，医辞不肯用药。病者曰：“我亦自知难医，但要服些生痰动气的药，改作痨、膨二症。”医曰：“疯、痨、膨、膈，同是不起之症，缘何要改？”病者曰：“我闻得疯、痨、膨、膈，乃是阎罗王的上客。我生平怕做首席，所以要挪在第二、第三。”

嘲滑稽客

一人留客午饭，其客已啖尽一碗，不见添饭。客欲主人知之，乃佯言曰：“某家有住房一所要卖。”故将碗口向主人曰：“椽子也有这样大。”主人见碗内无饭，急呼童使添之。因问客曰：“他要价值几何？”客曰：“如今有了饭吃，不卖了。”

认族

有王姓者，平素最好联谱，每遇姓相似者，不曰寒宗，就说敝族。偶遇一汪姓者，指为友曰：“这是舍侄。”友曰：“汪姓何为是盛族？”其人曰：“他是水窠路里王家。”遇一匡姓者，亦认是侄孙。人曰：“匡与王，一发差得远了。”答曰：“他是檰墙内王家。”又指一全姓，亦云：“是舍弟。”“一发甚么相干？”其人曰：“他从幼在大人家做蔑片的王家。”又指姓毛者是寒族，友大笑其荒唐，曰：“你不知，他本是我王家一派，只因生了一个尾靶，弄得毛头毛脑了。”人问：“王与黄同音，为何反不是一家？”答曰：“如何不是？那是廿一都田头八家兄。”

卷十二　谬误部

见皇帝

一人从京师回，自夸曾见皇帝。或问："皇帝门景如何？"答曰："四柱牌坊，金书'皇帝世家'。大门内匾，金书'天子第'。两边对联是：'日月光天德，山河壮帝居。'"又问："皇帝如何装束？"曰："头带玉纱帽，身穿金海青。"问者曰："明明说谎，穿了金子打的海青，如何拜揖？"其人曰："呸！你真是个冒失鬼，皇帝肯与那个作揖的？"

僭称呼

一家父子僮仆，专说大话，每每以朝廷名色自呼。一日，友人来望，其父出外，遇其长子，曰："父王驾出了。"问及令堂，次子又云："娘娘在后花园饮宴。"友见说话僭分，含怒而去。途遇其父，乃述其子之言告之。父曰："是谁说的？"仆在后云："这是太子与庶子说的。"其友愈恼，扭仆便打。其父忙劝曰："卿家弗恼，看寡人面上。"

看镜

有出外生理者，妻要捎买梳子，嘱其带回。夫问其状，妻指新月示之。夫货毕，忽忆妻语，因看月轮正满，遂依样买了镜子一面带归。妻照之骂曰："梳子不买，如何反取了一妾回来？”两下争闹。母闻之往劝，忽见镜，照云：“我儿有心费钱，如何讨恁个年老婆儿？”互相埋怨，遂至讦讼。官差往拘之，差见镜，慌云：“才得出牌，如何就出添差来捉违限？”及审，置镜于案，官照见大怒云：“夫妻不和事，何必央请乡官来讲份上！”

高才

一官偶有书义未解，问吏曰：“此处有高才否？”吏误认以为裁缝姓高也，应曰：“有。”即唤进，官问曰：“‘贫而无谄’，如何？”答曰：“裙而无裥，折起来。”又问：“‘富而无骄’，如何？”答曰：“裤若无腰，做上去。”官怒喝曰：“咗（dōu）！”裁缝曰：“极是容易，若是皱了，小人有熨斗，取来烫烫。”

谢赏

一官坐堂，偶撒一屁，自说“爽利”二字。众吏不知，误听以为“赏吏”，冀得欢心，争跪禀曰：“谢老爷赏。”

外太公

有教小儿以“大”字者，次日写“太”字问之，儿仍曰：“大字。”因教之曰：“中多一点，乃太公的太字也。”明日写“犬”字问之，儿曰：“太公的太字。”师曰：“今番点在外，如何还是太字？”儿即应曰：“这样说，便是外太公了。”

卖粪

一家有粪一窖，招人货卖，索钱一千，买者还五百。主人怒曰："有如此贱粪，难道是狗撒的？"乡人曰："又不曾吃了你的，何须这等发急。"

出丑

有屠牛者，过宰猪者之家，其子欲讳"宰猪"二字，回云："家尊出亥去了。"屠牛者归，对子述之，称赞不已。子亦领悟，次日屠猪至，其子亦回云："家父往外出丑去了。"问："几时归？"答曰："出尽丑自然回来了。"

利市

一人元旦出门云："头一日必得利市方妙。"遂于桌上写一"吉"字。不意连走数家，求一茶不得。将"吉"字倒看良久，曰："原来写了'口干'字，自然没得吃了。"再顺看曰，"吾论来，竟该有十一家替我润口。"

官话

有兄弟经商，学得一二官话。将到家，兄往隔河出恭，命弟先往见其父。父问曰："汝兄何在？"弟曰："撒（杀同音）屎（死同音）。"父惊曰："在何处杀死的？"答曰："河南。"父方悲恸而兄已至，父遂骂其次子："何得妄言如是？"曰："我自打官话耳。"父曰："这样官话，只好吓你亲爷罢了。"

掌嘴

一乡人进城，偶与人竞，被打耳光子数下。赴县叫喊，官问："何事？"曰："小人被人打了许多乳广。"官不信连问，只以乳光对。官大怒，呼皂隶掌嘴。方被掌，乡人遽以指示官："正是这个样子。"

初上路

一人初上北路，才骑牲口踏镫，掉落一鞋。其人因作官话大声曰："阿呀，掌鞭的，我的鞋（杜撰官话读爷字）。"赶鞭的以为唤他做爷，答云："爷不敢。"其人愈发急，大呼曰："我的鞋（父），我的鞋（父）！"掌鞭的不会其意，亦连声响应曰："爷，小的怎么敢？"其人只得仍作乡语，怒骂曰："捌杀那娘，我一只鞋（读作枒yā音）子脱掉了！"

苏空头

一人初往苏州，或教之曰："吴人惯扯空头，若去买货，他讨二两，只好还一两。就是与人讲话，他说两句，也只好听一句。"其人至苏，先以买货之法，行之果验。后遇一人，问其姓，答曰："姓陆。"其人曰："定是三老官了。"又问："住房几间？"曰："五间。"其人曰："原来是两间一披。"又问："宅上还有何人？"曰："只房下一个。"其人背曰："原还是与人合的。"

譬字令

众客饮酒，要譬字《四书》一句为令，说不出者，罚一巨觥。首令曰："譬如为山。"次曰"譬如行远必自迩"，以及"譬之宫墙"等句。落后一人无可说得，乃曰："能近取譬。"众哗然曰："不如式该罚。如何譬字说在下面？"其人曰："屁原该在下，诸兄都从上来，不说自倒出了，反来罚我？"

不知令

饮酒行令，座客有茫然者。一友戏曰："不知令，无以为君子也。"其人诘曰："不知命为何改作令字？"答曰："《中庸》注云：'命犹令也。'"

馄饨

苏人有卖馄饨者，夫偶出，令其妻守其店，姿色甚美。一人来买馄饨，因贪看想慕出神，叫曰："娘子，我要买你饨（臀）。"妇应曰："你为何脱落子馄（魂）啰？"

两夫

丈夫欲娶妾，妻曰："一夫配一妇耳，娶妾见于何典？"夫曰："孟子云：'齐人有一妻一妾。'又曰：'妾妇之道。'妾自古有之矣。"妻曰："若这等说，我亦当再招一夫。"夫曰："何故？"妻曰："岂不闻《大学》上云：'河南程氏两夫'。《孟子》中亦有'大丈夫''小丈夫'。"

墙龟

墙上画一乌龟，专禁人屙尿。一人竟撒，主家喝曰：“你看！”其人云：“原来乌龟在此看我撒尿。”

说大话

主人谓仆曰：“汝出外，须说几句大话，装我体面。”仆领之。值有言“三清殿大”者，仆曰：“只与我家租房一般。”有言“龙衣船大”者，曰：“只与我家帐船一般。”有言“牯（gǔ）牛腹大”者，曰：“只与我家主人肚皮一般。”

挣大口

两人好大言。一人说：“敝乡有一大人，头顶天，脚踏地。”一人曰：“敝乡有一人更大，上嘴唇触天，下嘴唇着地。”其人问曰：“他身子藏在那里？”答曰：“我只见他挣得一张大口。”

天话

一人说：“昨日某处，天上跌下一个人来，长十丈，大二丈。”或问之曰：“亦能说话否？”答曰：“也讲几句。”曰：“讲甚么话？”曰：“讲天话。”

谎鼓

一说谎者曰：“敝处某寺中有一鼓，大几十围，声闻百里。”傍又一人曰：“敝地有一牛，头在江南，尾在江北，足重有万馀斤，岂不是奇事？”众人不信。其人曰：“若没有这只大牛，如何得这张大皮，幔得这面大鼓？”

大浴盆

好说谎者对人曰：“敝处某寺有一脚盆，可使千万人同浴。”闻者不信。傍一人曰：“此是常事，何足为奇？敝地一新闻，说来才觉诧异。”人问：“何事？”曰：“某寺有一竹林，不及三年，遂长有几百万丈，如今顶着天公长不上去，又从天上长下来。岂不是奇事？”众人皆谓诳言。其人曰：“若没有这等长竹，叫他把甚么篾子，箍他那只大脚盆？”

两企慕

山东人慕南方大桥，不辞远道来看。中途遇一苏州人，亦闻山东萝卜最大，前往观之。两人各诉企慕之意。苏人曰：“既如此，弟只消备述与兄听，何必远道跋涉？”因言：“去年六月初三，一人自桥上失足堕河，至今年六月初三，还未曾到水，你说高也不高？”山东人曰：“多承指教。足下要看敝处萝卜，也不消去得，明年此时，自然长过你们苏州来了。”

误听

一人过桥，贴边而走，傍人谓曰：“看仔细，不要踏了空。”其人误听说他偷了葱，因而大怒，争辨不已。复转诉一人，其人曰：“你们又来好笑，我素不相认，怎么冤我盗了钟？”互相厮打，三人扭结到官。官问三人情事，拍案恚

（huì）曰："朝廷设立衙门，叫我南面坐，尔等反叫我朝了东！"制签就打。官民争闹，惊动后堂。适奶奶在屏后窃听，闻之柳眉倒竖，抢出堂来，拍案吵闹曰："我不曾干下歹事，为何通同众百姓要我嫁老公！"

圆谎

有人惯会说谎，其仆每代为圆之。一日，对人说："我家一井，昨被大风吹往隔壁人家去了。"众以为从古所无，仆圆之曰："确有其事。我家的井，贴近邻家篱笆，昨晚风大，把篱笆吹过井这边来，却像井吹在邻家去了。"一日，又对人说："有人射下二雁，头上顶碗粉汤。"众又惊诧之，仆圆曰："此事亦有。我主人在天井内吃粉汤，忽有一雁堕下，雁头正跌在碗内，岂不是雁头顶着粉汤。"一日，又对人说："寒家有顶漫天帐，把天地遮得沿沿的，一些空隙也没有。"仆乃攒眉曰："主人脱煞扯这漫天谎，叫我如何遮掩得来。"

附录　笑笑录

《笑笑录》由清代独逸窝退士从古代各种笔记中选摘、集合而成。其文字相对《笑林广记》来说更加典雅，可算是属于文人逸事范畴，但读来也饶有风趣。全书分为六卷，包含近千则内容。这里仅选其雅俗共赏的部分，以飨读者。

原序

余弱冠时善病，每课举业，未逾月，辄病，病辄逾月。壬子乙卯间，两次大病几殆，各卧床者半年；居诸虚掷，学业荒落，职是故也。每病初愈，未能伏案，辄觅自遣之方，则学操缦，学六法，学弈，学诗，甚至焚香偃坐，灌竹栽花，亦亲为之：要为习静计耳。故所学都未深造，今且尽忘矣。先大夫尝集崔子玉、陶渊明语书联以赐曰："慎言节饮食，委怀在琴书。"盖纪实也。而鄙性尤喜浏览说部，上自虞初稗官所志，下逮里巷野老所传，莫不搜讨寓目，寝馈弗忘。又平生善愁，居恒郁郁不快，亦赖淘写胸襟。故壮岁以来，独与此未之或废，间取其可资嗢噱，而雅驯不俗者，笔之于册，以自怡悦。忽忽卅年，戢戢遂多，惟零星丛杂，不便翻帑。兹于退直之暇，灯炧茶熟时，删汰复沓，区分先后，手录为六卷，名之曰《笑笑录》。事类钞胥，贤犹博弈，知不足博大雅一粲，亦仍以供我之祛愁排闷而已。

光绪五年三月，吴下独逸窝退士书于宣南寓斋

卷一

相马

玄宗好马击球，内厩所饲，意犹未适，谓黄幡绰曰："吾欲良马久之，谁通《马经》？"幡绰奏曰："今三丞相悉善《马经》。"上曰："吾与语，悉其旁学，不闻能通《马经》，尔焉得知之？"幡绰曰："臣日日沙堤上见丞相所乘马，皆良马也，以是知必通《马经》。"上笑而语他。（《松窗杂记》）

总姓王

沧州南皮县丞郭务静初上典，通判王庆见。静曰："尔何姓？"庆曰："姓王。"须臾，庆又来，又问："何姓"。庆曰："姓王"。静怪愕良久，仰看庆曰："南皮佐史总姓王？"

冻猪肉

姜晦为吏部侍郎，眼不识字，手不解书，滥掌铨衡，曾无分别。选人歌曰："今年选数恰相当，都由座主无文章。案后一腔冻猪肉，所以名为姜侍郎。

不解事仆射

刘仁轨为左仆射，戴至德为右仆射，人皆多刘而鄙戴。有老妇陈牒，至德方欲下笔，老妇问左右曰："此是刘仆

射？”曰：“戴仆射。”老妇急前曰：“此是不解事仆射，却将牒来。”至德笑令授之。（《嘉话录》）

卿卿

王安丰妇卿安丰，安丰曰：“妇人卿婿，礼不为敬，后勿复尔。”妇曰：“亲卿爱卿，是以卿卿。我不卿卿，谁复卿卿。”

乘驴

咸通末，执政病举人仆马太盛，奏请进士并乘驴。郑先业躯干伟大，或嘲曰：“今年敕下尽骑驴，短辔长鞦满九衢。清瘦儿郎犹是可，就中愁杀郑昌图。”（《摭言》下同）

卷二

蔡京诸孙

蔡京诸孙，长生膏粱，不知稼穑。一日，京戏问之曰："汝曹日啖饭，试为我言米从何处出？"其一对曰："从臼子里出。"京大笑。其一旁应曰："不是，我见在席子里出。"盖京师运米以席囊盛之，故云。（《独醒杂志》）

雨淋学士

顾临学士，魁伟，好谈兵。馆中戏谓之曰顾将军。一日同馆诸公游景德寺，至寺前柏树下，雨暴作。顾戏林希曰："雨中林学士，柏下顾将军。"诸公大笑，咸以为精对。（《渑水燕谈》下同）

祝神

卫人有夫妻祝神：使得布百匹。其夫曰："何少耶？"妻曰："布若多，子当买妾也。"（《金楼子》）

律赋之弊

律赋之弊，士子趋学，模题画影，至不成语，故有甘泉甜水之喻。相传君题必曰："国欲图治，君当灼知。"隔句则多"可得而知"四字。文士见举子，必曰："又一可得而知。"闻一老师令生赋汉高斩蛇，破题曰："蛇不难斩，君当灼知。"师曰："不若改'国欲图治，君当斩蛇。'"又

令作鸿雁来赋云；“秋既云至，雁当灼知。”皆可轩渠也。（《归潜志》）

以诗绝媒

朴橄翁《陶朱集》载闽人韩南老就恩科，有来议亲者，转以一绝示之曰：“读尽文书一百担，老来方得一青衫。媒人却问余年纪，四十年前三十三。

减年恩例

有故人喜谐谑，见人家后房及北里倡，多隐讳年岁，往往不肯出二十外，戏曰：“汝等亦有减年恩例，尽被丹士买去。”盖道士多诳诞，动辄称数百岁也。（《寓简》）

少陵可杀

宋乾道间，林谦之为司业，与正字彭仲举游天竺，小饮论诗，至少陵妙处，辄醉呼曰：“杜少陵可杀。”有俗子在邻壁闻之，遍告人曰：“有一怪事，林司业与彭正字在天竺谋杀人。”或问：“所杀为谁？”曰：“杜少陵，不知是何处人。”闻者绝倒。（《鹤林玉露》）

禁方

绍圣间，都下有道人坐相国寺卖诸禁方，槭题其一曰:“赌钱不输方。”少年有博者，以千金得之，发视其方，曰：“但止乞头耳。”道人戏语得千金，然亦未尝欺少年也。（《东坡养生集》）

卷三

官谬

至正间，松江有一推官，提牢至狱中，见诸重囚，因问曰：“汝等是正身耶？替身耶？”狱卒为之掩口。昔宋仁宗朝，张观知开封府，民犯夜禁，观诘之曰：“有人见否？”众传以为笑。正与此相类。（《山居新语》）

争雪

庆阳以北，水皆咸苦，不堪饮，土人遇雪，贮之土窖以供用。环县有二教官，约有雪则均分。一日，西斋所得较多，二教官遂哄于堂。有人嘲以诗云：“连城瑞雪满瑶空，或在西阶或在东。两两教官争不了，如何弟子坐春风？”（《敝帚斋余谈》）

约同死

靖难兵起，衡府纪善、周自修与杨士奇、解缙、胡广、金幼孜、黄淮，约同死义。既而金川失守，自修独自经死。后杨士奇为作传，语其子曰：“当时吾亦死，谁为尔父作传。”闻者笑之。（《通鉴记事》）

饼钱

一人入饼肆，问饼值几何，人曰：“一饼一钱。”食数饼，如数与之。馆人曰：“饼不用面乎？应面钱若干。”

食者曰："是也。"与之。又曰："不用薪水乎？应薪水钱若干。"食者曰："是也。"与之。又曰："不用人工为之乎？应工钱若干。"食者曰："是也。"与之。归而思于路曰："我愚也哉！出此三色钱，不应又有饼钱矣。"（《呻吟语》下同）

染布

一人买布一匹，价百五十，令染人青焉，价三百。既染矣，逾年而不能取，染人牵而索之曰："若负我钱三百，何久不与？吾讼汝。"买布者踞而请曰："我布钱百五十矣，再益百五十，其免我乎！"染人得钱而后释之。

避忌

一人多避忌，家有庆贺，一切尚红，客有乘白马者，不令人厩。有少年善谐谑，以朱涂面而往，主人讶之，生曰："知翁恶素，不敢以白面取罪也。"满座大笑，主人愧而改之。

臧武仲老大人

兰溪童茂才，平时不好学，衡文者将到，乃晨起焚虔祷，直取四书展开，凭手所指，得"臧武仲以防求为后于鲁"，次早复然，随遍觅此题佳文熟读，此外一无所记也。试日，进号，实不胜枵腹之惧，惟默念臧武仲老大人保佑云云。至题出，果然，遂高等。（《隽区》）

卷四

告荒

有告荒者，官问麦收若干，曰：“三分。”又问棉花若干，曰：“二分。”又问稻收若干，曰：“二分。”官怒曰：“有七分年岁，尚捏称荒耶？”对曰：“某活一百几十岁矣，实未见如此奇荒。”官问之，曰：“某年七十余，长子四十余，次子三十余，合而算之，有一百几十岁。”哄堂大笑。（《丹午杂记》下同）

伯虎对

唐伯虎代市人写对：“生意如春意，财源似水源。”其人未惬，谓必显而易见者。唐再书云：“门前生意，好似夏月蚊虫，队进队出。柜里铜钱，要像冬天虱子，越捉越多。”乃大喜去。

开科诗

国初开科取士，诸生皆高蹈远引。次年丙戌，补行乡试，告病诸生举出。滑稽者作诗曰：“天开文运举贤良，一阵夷齐下首阳。家里安排新雀顶，腹中打点旧文章。昔年曾耻食周粟，今日翻思吃国粮。岂是一朝顿改节，西山薇蕨已精光。”

文选昭明

顷有太学生某来谒，言：“近日旗下子弟，竞尚一书，书肆价值为之顿贵。”因叩何书，某俯首久之，对曰：“似是‘文选昭明’。”余匿笑而罢。（《香祖笔记》下同）

二顾

顺治初，吏部官最清要。吴郡顾松交及蒨来俱以吏部郎里居，宾客辐辏，一旦，广坐中一客忽曰：“二公所谓一顾倾人城，再顾倾人国也。”客为绝倒。

史记

莱阳宋荔裳按察，言：“幼时读书家塾，其邑一前辈老甲科过之，问：‘孺子所读何书？’对曰：‘史记。’问：‘何人所作？’曰：‘司马迁。’又问：‘渠是某科进士？’曰：‘汉太史令，非进士也。’遽取而观之，读一二行，辄拍案曰；‘亦不见佳，何用读为。’荔裳方匿笑之，而此老夷然不屑。”

似我

余处士怀说：“吴中一监司，尝书‘似我’二字置扁第二泉上，自誉清操如惠泉也。及再过之，扁已不见，责令寺僧大索，乃为诸生移置厕上矣。”（《皇华纪闻》）

僧出家

吴菌次游广陵。有僧大汕者，日伺候督抚将军监司之门，一日，向吴自述："酬应杂还，不堪其苦。"吴笑应曰："汝既苦之，何不出了家？"坐上大噱。杨诚斋诗云："袈裟未着嫌多事，着了袈裟事更多。"此僧之谓乎！（《渔矶漫钞》下同）

掉书袋

南唐彭利用对家人奴隶言，必据史书以代常谈，俗谓之掉书袋，因自谓彭书袋。其仆有过，利用责之曰："始予以为纪纲之仆，人百其身，赖尔同心同德，左之右之，今乃中道而废，侮慢自贤，若而今而后，过而弗改，当挞之市朝，任汝自西自东，以遨以游而已。"邻家火灾，利用望之曰："惶惶然，赫赫然，不可向迩，自钻燧以降，未有若斯之盛，其可扑灭乎！"

不好谀

贵者不好誉，此非人情。一搢绅云："惟我不尔。"其谀者曰："如公言。"搢绅大喜。（《梅花草堂笔谈》下同）

熊掌

一师命"熊掌亦我所欲也"题，其徒文中有云："朝而饔，此熊掌也，夕而飧，此熊掌也。"先生笑曰："老夫曾不得熊掌尝新，你却把作小菜吃。"为之绝倒。（《坚瓠集》下同）

卷五

学诗

褚文渊言："其乡某生，沉酣制艺，试辄高等，腹若琉璃，阔步摇摆，书味盎然，而于诗学，一步不窥；既晚，就学于友，友示用韵平仄之法，居然谓得三昧，即诌成曰："吾人从事于诗途，岂可苟焉而已乎？然而正未易言也，学者其知所勉夫！"艺林捧腹，谓龙褒又一体也。（《明斋小识》下同）

还磕头

华亭知县许公治以廉明称，民无谤讟。有某武生，扭乡人来禀。许悉其人，因询何事。某云："我行街上，伊担粪污我衣。"许拍案曰："尔乡氓安得漫不经心，致坏相公衣？应重责不贷！"乡人哀求甚切，曰："然则尔愿罚乎？可向相公叩首一百下。"即令某南向坐，乡人叩首于下，俾役数之，至七十余，曰："止。我亦鹘突，犹未问尔是文生？抑武生？"某对以武，曰："误矣，文生值叩一百，若武只须五十耳。当还叩二十。"又令乡人南向坐，某叩首于下。某不肯，两役交捺之。叩毕，武生悻悻而去。

孝廉鄙陋

陈燕公晚节饕餮无厌，客憎其屡食于人，未尝作答，强索之，乃折柬招友，至晚杂还，实未治膳。阴与夫人约：骤相勃溪，拾破碗打碎。客悉迁延去。凡赴客宴，鱼肉果饼，俱怀以归。所携布囊，悬台栅。一夕，两头盛满，不能出栅孔。客尽起，周章无计，价为代出之。又尝醉蹶于地，频以“脚”喊，仆谓其足或受伤，不知袖中藏有蟹脚也。时太平桥葛姓者，熟食最精洁，恒造其店道寒燠，杂拣野味嗅之饫之，复拱手作别。店主人乐交孝廉，故得无嫌久慁。遇亲友吉庆事，馈金扇一柄，面以饭粘，骨以线穿，俾邻儿送去，身随于后，邻儿返，半途收其帖，剖分力金，自携匣归。又曾唤婢如市，写票曰：“来钱一大文，乞发浓酽火腿汤一碗。”有乡人误称老相公者，正色曰：“不得点。”

率叔

庄监生厚于资，捐贡后，凡门户器皿，皆用官衔封记，新置粪桶，亦写“候选儒学”字样。又曾投刺姻戚，与族叔偕写帖，曰：“庄某率叔某顿首拜。”叔哗辨之，曰：“我年长于汝，况我为贡生，汝为监生，无所为非也。”

不白之冤

陈句山先生，年逾耳顺，须尚全黑。裘文达戏之曰：“若以年而论，公须可为抱不白之冤矣。”（《两般秋雨庵随笔》下同）

伯夷叔齐

张船山太守在登州试士，以“伯夷叔齐”命题，有作每字二比者，先生提俳语其上云：“孤竹君，哭声悲，叫一声：我的儿子啊，我只道你在首阳山下做了饿鬼，谁知你被一个混账东西，做成一味吃不得的大碟八块。”可为喷饭。

卖盐官

海丰张穆庵都转，一日呼驺出署，有老妇拦舆诉夫置别室者，公笑遣之曰：“我是卖盐官，不管人家吃醋事。”

书书书

税官书吏巡查，如捕役缉贼，虎视眈眈，但一见书便索然。姚云上作七古，前四句云：“劬劳王事前旌驱，咿哦星夜关山逾。笲束牛腰橐负载，关吏疾呼书书书。”殆神来之笔。（《随园诗话》下同）

嘲时文道情

吴江徐灵胎有《道情》刺时文云：“读书人，最不济，烂时文，烂如泥。国家本为求才计，谁知道变做了欺人技。三句承题，两句破题，摆尾摇头，便道是圣门高弟。可知道三通、四史是何等文章？汉祖、唐宗是那一朝皇帝？案头放高头讲章，店里买新科利器，读得来肩背高低，口角嘘唏。甘蔗渣儿，嚼了又嚼，有何滋味。孤负光阴，白日昏迷。就教他骗得高官，也是百姓朝廷的晦气。”

大大人

一县尉为江南显宦胞兄，每向人曰：“我在江南署中，人皆以‘大大人’呼我，君辈休小视也。”方畅弇曰：“足下本身有一绝对，知之乎？”其人问之，畅弇曰：“我辈见大府则称卑职，足下见我辈又称卑职，足下非湖北卑卑职，

江南大大人乎？”（《春宵呓语》）

老奸巨猾

国初某中堂声势隆赫，有张姓富人与其从弟缔为婚姻，百计夤缘，将登仕籍。因谓其弟曰：“余与若既为亲家，则若兄亦忝在姻末，倘得引之一谒，拜惠良多。”弟曰：“谒见易易，虑君言语获咎耳。”张曰：“君教我，当默记不忘。”因授以寒暄，并颂扬数语，令复之，不讹，遂为先容。越日，入谒，中堂曰：“壮年筮仕，老夫与有荣矣。”张面赤汗下，蹩躠而对曰：“久仰大人老奸巨猾，为朝野所畏。”中堂大怒，拂袖入，从者挥之，乃垂头丧气而出。可笑也。（《梦庵杂箸》）

十字令

近时有首县十字令曰：“红，圆融，路路通，认识古董，不怕大亏空，围棋马吊中中，梨园子弟殷勤奉，衣服齐整言语从容，主恩宪眷满口常称颂，坐上客常满樽中酒不空。”又有佐贰十得云：“一命之荣，称得；两片竹板，拖得；三十俸银，领得；四乡地保，传得；五下嘴巴，打得；六角文书，发得；七品堂官，靠得；八字衙门，开得；九品补服，借得；十分高兴，不得。”曲中奏雅，亦官箴矣。（《归田琐记》）

绅珰相谑

《梁溪识小录》云：“明嘉靖间，一内珰衔命入浙，与司北关南户曹、司南关北工曹饮，珰欲侮缙绅，酒酣，出对云：‘南管北关，北管南关，一过手，再过手，受尽四方八面商商贾贾辛苦东西。’珰故卑微，曾司内闱工部，对曰：‘前掌后门，后掌前门，千磕头，万磕头，叫了几声万岁爷爷娘娘站立左右。’珰惭愤，欲自戕，二司力劝乃止。”（《巧对录》）

杖铭

相传钱虞山有一杖，自制铭云：“用之则行，舍之则藏，惟我与尔有是夫。”归国朝后，此杖久失去，一日，得之，有人续云：“危而不持，颠而不扶，则将焉用彼相矣。”钱为之惘然。

卷六

再打三斤

某县令甚呆，所为多可笑，其纰缪不可枚举。饮量甚洪，日必沽酒数斤，怡然独酌。一日，突有喊冤者，正醺醺时，阻其雅兴，含怒升堂，拍案喝打，并不掷签，役跪请曰："打若干？"官伸指曰："再打三斤。"吏笑不可遏，竟至哄堂。又轿夫工食，升堂点给，怒曰："我仅见二人抬轿，如何有四方？"轿夫曰："轿后有二人。"官曰："据汝言，亦仅二人。"对曰："配以轿前之二人，非四耶？"官无以诘，方按其名，其一曰洋洋得意，其二曰不敢放屁，其三曰昏天黑地，其四曰拖来扯去。官大笑。（《客窗闲话》）

鸡卵

有南人不食鸡卵，初至北道早尖，店伙请所食，曰："有好菜乎？"曰："有木樨肉。"及献于几，则所不食者也，虑为人笑，不明言，但问："别有佳者乎？"曰："摊黄菜如何？"客曰："大佳。"及取来，仍是不食者，谬言尚饱，其仆谓："前途甚远，恐致饥。"曰："如此，但食点心可耳。"问："有佳者否？"店伙以"窝果子对。"客曰："多持几枚来。"及至，则仍不食者，且惭且怒，忍饥而行，遂委顿不堪。夫天下事不知者多矣，必欲讳不知为知，甘作负腹将军，可笑也。（《劝戒三录》）

布医

外祖病时，数医皆庸手，有郑姓者名颇著而技尤庸，耽延月余，病益深。后请陈修园来诊，遍视旧方，曰："皆为此等所误。"批郑某方后云："市医伎俩，大概相同。"越日，众医见之，皆色沮，郑喈曰："陈某何以呼我辈为布医？"闻者匿笑，遂号郑为布医先生云。（《池上草堂笔记》）

匾额

陆俨山《豫章漫钞》载其郡中谯楼，太守题曰："壮观"，同知王卿陕西人也，见之，忿然曰："何名'壮观'？自我西音乃'赃官'耳。"又绍兴郡斋匾曰"牧爱"，戚编修润谓太守曰："此可撤去，我自下望之，乃'收受'二字也。"（《冷庐杂识》）

兰花菇

昔六祖讲经仁化山中，附近处产南华菇。粤西贺县亦有之，俗名兰花菇。某令时，中丞按部过县，询其地有土娼否，令误以为土产，答曰："有兰花菇。"中丞曰："何不逐之。"令始悟，坐客为之胡卢，中丞亦笑。盖三字颇似妓名也。（《余墨偶谈》下同）

科诨

一日署中演《双合印》，内有科诨曰："尔既系算命的，何以把自己算在监里来？"同人笑之。时孟朴山在坐，曰："此语可以问周西伯。"众讶之，乃曰："西伯演《周易》，拘于羑里，不亦同耶？"会心真不在远。

痴人说梦

戚某幼耽读而性痴，一日早起，谓婢某曰："尔昨夜梦见我否？"答曰："未。"大斥曰："梦中分明见尔，何以赖？"去往诉母，曰："痴婢该打，我昨夜梦见他，他坚说未梦见我，岂有此理耶？"

家大人

近日援纳例升，腰缠数百金，从长安归，即肩舆张盖，竞称老爷；得五六品，称大老爷；或不屑此，而多方处置，竟称大人；此皆骄心太胜之故。更有谄者，某宦以二品告归，曾见一同姓具柬签书家大人，见者无不掩口。（《墨余录》）

自挞

苏世长初在陕州，部内多犯法，世长莫能禁，乃责躬引咎，自挞于都街。伍伯疾其诡，鞭之见血。世长不胜痛，大呼而走。观者咸以为笑。（《怀小录》）

策谬

某督学试贡监录科，策问姚江学术，一监生对云："有谓姚之学胜于江者，有谓江之学胜于姚者，两说并存，似难分其优劣。"阅者大笑。（《寄蜗残赘》下同）

记误

有县令莅任，签拿北门外剃发铺人杖之四十。其人不知所犯何罪，叩头请示，令曰："某年月日在汝铺剃头，受汝轻慢。"其人曰："太老爷并未到过小铺。"令恍然曰："误矣。"赏以千钱遣之。盖令在家时，曾受本乡北门外剃头铺侮耳。时传为笑柄。

有人剃头于铺，其人剃发极草率，既毕，特倍与之钱而行。异日，复往，其人竭力为之剃发，加倍工夫，事事周到。既已，乃少给其资。其人不服，曰："前次剃头草率，尚蒙厚赐，此番格外用心，何可如此？"此人谓曰："今日之资，前已给过，今日所给，乃前次之资也。"一笑而行。此事殊可笑，故附记于是。

计开

汴中有从九保举知县者，莅任后，坐堂审案，吏开点名单，首列"计开"二字，以朱笔点之，吏不便显言，诡词答云："计开未到。"及审第二案，又见"计开"，仍以笔点之，吏仍白未到，遂大怒云："今日两案俱是'计开'为首，乃敢抗传不到，明系差役买放飞签。"欲责役，急呼曰："计开不是个人。"令云："因其不是个人，所以要拿。"将役重责，限三日解案。退堂后，幕友告其故，始免缉云。

制古砖

毕秋帆抚陕，值六旬，属吏送礼，概不受。一县令送古砖二十块，有年号题识，皆秦汉物也。毕大喜，唤家丁谕云："我寿礼概不收，尔主人之物，甚合我意，故留之。"家丁跪禀云："主人因大人庆寿，集工匠在署制造，主人亲自监工，挑最上者献辕下。"毕公一笑而罢。

高帽子

世俗谓媚人为顶高帽子。尝有门生两人，初放外任，同谒老师者，老师谓："今世直道不行，逢人送顶高帽子，斯可矣。"其一人曰："老师之言不谬，今之世不喜高帽如老师者有几人哉！"老师大喜。既出，顾同谒者曰："高帽已送去一顶矣。"（《潜庵漫笔》）

杀人

带州每勾决人犯，遣员至县监斩，事毕，馈佛番四饼。汪琴轩曰："为此区区，而讨一杀人差以往，亦太忍心矣。"余曰："此《檀弓》所谓：'杀人之中，又有礼焉'，夫何伤？"满堂粲然。（《印雪轩随笔》）

梅花诗

尝闻梅花观题壁诗云；“红帽哼兮黑帽呵，风流太守看梅花。梅花忽地开言道，小的梅花接老爷。”诗虽鄙俚，可以愧花间喝道之辈。（《桐荫清话》下同）

灯棚联

国初有叶初春者，作令粤东，所到掊克，路人侧目。时元夕，民间放花灯，其棚联云：“霜降遭风，四野难容老叶。元宵遇雨，万民皆怨初春。”

借《西厢》语

潘篆仙茂才尝言：“钱蒙叟当我朝大兵入关，钱戴本朝冠带往迎，途遇一老者，以杖击其首曰：‘我是多愁多病身，打你个倾国倾城帽。’‘帽’与‘貌’同音，借《西厢》语，闻者绝倒。”

僧惧内

祇园上人招余辈小集，或问坐中何人最惧内，众未及答。祇园曰：“惟老僧最惧内。”众讶之。笑曰：“惟惧内故不敢娶耳。”一坐粲然。

诗嘲俗令

闻某令官江北时，重修平山堂，落成后，榜曰：“某年月日某县正堂某重修。”或赋诗云：“太守风流宴蜀冈，千秋人尚说欧阳。不知当日题名字，可是扬州府正堂？”

谒势人

宋文宪《燕书》：“有王戭生与三乌从臣约：异时立朝，势人之门，足勿涉也。时赵宣子为政，诸大夫日奔走其庭，三乌从臣鸡初鸣即走候宣子，入关，见有危坐东荣者，举火照之，则王戭生也，各惭而退。”（《云笙杂抄》）